Chamanes eléctricos en la fiesta del sol

MÓNICA OJEDA

Chamanes eléctricos en la fiesta del sol

RANDOM HOUSE

Papel certificado por el Forest Stewardship Council®

Primera edición: febrero de 2024

© 2024, Mónica Ojeda
Agencia Literaria CBQ, S.L.
© 2024, Penguin Random House Grupo Editorial, S.A.U.
Travessera de Gràcia, 47-49. 08021 Barcelona

p. 52: de «Cántiga I», en Ernesto Cardenal, *Cántico cósmico*, en *Poesía completa*,
Trotta, Madrid, 2019. Reproducido por gentileza de Editorial Trotta.
p. 91: de «Firmamento», de Jorge Eduardo Eielson.
Reproducido por gentileza del Centro Studi Jorge Eielson
p. 92: de «El amor desenterrado», de Jorgenrique Adoum.
Reproducido por gentileza de la Fundación Jorgenrique Adoum

Printed in Spain – Impreso en España

ISBN: 978-84-397-4299-9
Depósito legal: B-20.268-2023

Compuesto en La Nueva Edimac, S.L.
Impreso en Liberdúplex (Sant Llorenç d'Hortons (Barcelona)

RH42999

ÍNDICE

¿Acaso la poesía y la música no surgieron
de los sonidos que hacían los hechiceros
para ayudar a su imaginación a conjurar?

W. B. YEATS

haz que suceda el aliento
y el camino
para refugiarnos en el sitio sagrado
donde guardamos la canción.

YANA LUCILA LEMA

PARTE I

RUIDO SOLAR

Año 5550, calendario andino

NICOLE

El oído es el órgano del miedo, repitió Noa la noche en que subimos la cordillera para ver a los Chamanes Eléctricos en el páramo andino. Era la quinta edición del Festival Ruido Solar, un encuentro de artistas sonoros que invitaba a poetas, músicos, bailarines, melómanos, pintores, performers y gente que decía hacerlo todo aunque en realidad apenas lo intentaran. También era la primera vez que nos escapábamos juntas, sin dinero, parando buses y camiones por la carretera, sin otro plan que el de desaparecer durante siete noches y ocho días.

Siete noches y ocho días de experimental noise chamánico, de música under post-andina, de retrofuturismo thrash ancestral, nos contó uno que había vuelto transformado por la experiencia, un filósofo new age al que le robamos ochenta dólares, una revista de astrología y tres pastillas de éxtasis. Ya verán, ya verán, insistió con los ojos demasiado abiertos, ya lo escribió don Nietzsche: el oído es el órgano del miedo.

No entendimos su arranque, pero lo escuchamos porque las montañas tenían lo que deseábamos encontrar. Yo acababa de irme de mi casa, Noa se había pintado el pelo de azul. Eran tiempos de ardor, de ganas de expandirnos para ocupar un mayor espacio en el mundo.

Recuerdo las ganas. Recuerdo la sed.

Creímos poder saciarla en el paisaje engendrado por un volcán.

Según la página web de la organización, la caravana partía de Quito y el viaje en dirección al asentamiento duraba cuatro horas. Salimos de Guayaquil hacia la capital cantando como ranas cansadas de su charca, ansiosas por dejar el río y abrazar los valles, cambiar los mangles por los frailejones, las iguanas por los curiquingues. Ignorábamos lo difíciles que podían ser los cambios, la llaga que queda en uno cuando se abandona lo que es propio. Nadie se va del sitio donde alguna vez puso su atención: uno se arranca del lugar de origen llevándose un pedazo. Noa me tenía a mí y yo a ella, o eso creímos acompañándonos en la huida, preparando la mochila de la otra y escogiendo la canción apropiada para antes de partir: que «Miedo» de Rita Indiana, porque ni los grillos dormían tranquilos en la ciudad pantano; que «Me voy» de las Ibeyi, porque nosotras nos íbamos contentas a que nos meciera el cielo. La música celebra la vida, dijimos, pero también saca lo peor, aunque eso no lo podíamos todavía ni imaginar.

Nos fuimos sin darle explicaciones a nadie. Noa era distraída, así que yo me encargué de guiar nuestra llegada a Quito. Faltaban pocos días para el Inti Raymi y durante el camino hombres y mujeres con máscaras de Diabluma nos contaron historias sobre el Ruido Solar. Escuchamos sus descripciones de los rituales, de la poesía tecnochamánica, de las alucinaciones colectivas, pero sobre todo de los desaparecidos que hacían crecer la lista de personas que no regresaban a sus casas aunque sí al festival, siempre al festival, como convocados por la altura y el basalto.

Igual que ellos, nosotras fuimos llamadas al Ruido por una voz geológica: la erupción del Sangay, en el oriente, que hizo llover pájaros a ciento setenta y cinco kilómetros de distancia. Despertamos con la ciudad cubierta de ceniza y aves muertas, y también con la conciencia de que ya nada podría evitar nuestro ascenso al páramo. Nada nos detendría porque esa erupción era la tierra pronunciando nuestros nombres, dictándonos el futuro con el lenguaje del subsuelo.

Recuerdo las huellas, las caras sucias de los niños, el cielo como un pelaje de oso donde nada era visible y, más abajo, la calle llena de sapos entre las plumas.

Un paisaje invoca a otro, dicen. Una catástrofe natural, por más cruel que sea, trae consigo la resurrección. Noa y yo conocíamos ese ciclo: el de la belleza que surge del fondo del desastre, reptando, como si cargara piedras en el estómago. Siempre fue así en el vientre bravo del territorio. Aquí todos escuchan truenos de tierra y bramidos de monte, aguantan el equilibrio sobre un suelo que cabalga, jadea y muerde huesos. La boca de los enjambres, lo llaman, el sitio de los derrumbes.

Teníamos dieciocho años y ya habíamos soportado más de una docena de terremotos.

Quince volcanes erupcionaron antes de que nos hiciéramos amigas.

Treinta permanecieron activos.

En ese entonces nuestras madres regaban el piso con agua de manzanilla para hacerlo dormir. Seguían a los perros, a los gatos y a las iguanas por si anunciaban algo, por si sentían primero el pulso del polvo, la rabia abriendo de un tajo las raíces. Las dos pertenecían al grupo de autodefensa barrial. Llevaban pistolas y se reunían con los vecinos para organizar la seguridad en casos de emergencia. Por las noches, Noa y yo escuchábamos el ruido de las patrullas, de los grillos y de las balas. El país entero sufría de sismos, pero Guayaquil era peligrosa y la gente moría a diario por otras razones. Niños empuñaban armas mientras nosotras descubríamos lo que era sentirse bien con alguien distinto a uno mismo, alguien con quien hablar de lo que daba vergüenza, como la masturbación o los dolores privados. Nos reíamos, bailábamos Bomba Esté reo y Dengue Dengue Dengue! y nos contábamos la verdad: que solo conocíamos la violencia de la naturaleza y de los hombres, pero que anhelábamos la alegría y el disfrute. Una vida menos regida por la muerte.

El dolor te confronta con lo que necesitas. A Noa la había abandonado su padre cuando era pequeña y el mío era un alcohólico. Nuestras madres apenas podían mirarnos porque les recordábamos lo que no había salido bien, aunque lo que nos unía era mucho más que la falta de amor o la soledad: era la urgencia de huir lejos.

Nos vamos mañana, le dije a Noa cuando el sol hizo arder hasta las entrañas de los lagartos.

Nos vamos, me respondió, porque el aire pesa, las aves mueren y los mangles tienen un color enfermo.

Un color de interior, pensé. Caliente, del tamaño de un hígado.

El Ruido Solar se asentaba en laderas de volcanes como el Antisana, el Chalupas, el Chimborazo o el Cotopaxi. Todos los años la organización elegía uno nuevo y levantaba carpas que simulaban un pueblo perdido en el fin del mundo. No siempre conseguían los permisos, pero era difícil seguirles el paso cuando la información se mantenía escasa, casi secreta. Nada decían del lugar del festival ni del número de personas. Guardaban silencio y el público respondía trepando la carretera, esquivando baches del tamaño de niños y deslaves de roca.

Yo nunca había visto venas de piedra ni piedras de rayo.

Nunca había sentido frío bajo la lluvia.

Vimos yaguales, venados de cola blanca, cuevas ígneas, alpacas junto a las lagunas, colibríes azules, caballitos del diablo, aguas turquesas y amarillas, quishuares, conejos, pajonales, bosques, cráteres extintos, vías estrechas y vacas pastando en sus bordes.

Vimos espectros de montaña y grupos preparándose para el Inti Raymi, pero ellos no nos vieron.

La primera parte del viaje lo hicimos con unas chicas que tenían chakanas tatuadas en sus hombros. Eran de Yantzaza y llevaban el pelo largo y trenzado. Dijeron que los desaparecidos del Ruido no desaparecían realmente, sino que se quedaban en la cordillera para reclutar a nuevas personas y componer música antigua. Nadie sabía quiénes eran, pero los que subían al festival querían pertenecer a sus comunas autogestionadas en valles ocultos. Arriba, todos hablaban de ellos en algún momento. Hubo quienes nos preguntaron si los conocíamos, gente que nos aseguró que los desaparecidos andaban merodeando por ahí en los conciertos, escondiendo su culto al rayo, al viento y al sol, robando instrumentos musicales e inventando cantos enloquecedores.

El Poeta sabe quiénes son, nos contó una de las chicas. Tenemos suerte de ser amigas del Poeta.

Nosotras no sabíamos quién era el Poeta ni nos interesaba, pero la chica nos dijo que «Ruido solar» era un poema de Ariruma Pantaguano y que los organizadores del festival le habían plagiado el título. Lo llamó poeta postapocalíptico, representante de la nueva cli-fi ancestral y de la anarcoliteratura joven, mago, conjurador de símbolos, chamán lírico y rapsoda andino. Entendimos poco de lo que nos contó. Gran parte del Ruido creía en la poesía entregada al trance, al inconsciente colectivo y a la música. Eran místicos del ritmo, excéntricos que elegían pensar el arte como una forma de magia que los salvaría de los desastres.

Los conjuros se hacen con palabras, nos dijo días después una poeta puruwá que tocaba el theremín. Los encantamientos, con cantos.

En el camino me dio soroche como sangre de nube. Un soroche denso que me arrugó los dientes y que me hundió en mi propia cabeza. Lo oculté lo mejor que pude, pero odié que Noa no sintiera nada y que fuera resistente a la altura.

Aguanta, loquita, aguanta, me dijo acariciándome el pelo.

Sentí vergüenza de ser la enferma, la rechazada por las montañas, así que le hablé mal. Le dije: no me toques, aunque a ella no le importó. Noa se mareaba con los terremotos. Si un volcán estallaba le daba fiebre, si caían cenizas del cielo dejaba de comer, si la ciudad se inundaba por las lluvias tenía pesadillas que la hacían gritar. Yo me consideraba la más fuerte de las dos, la invicta, hasta que me entró el malaire y tuve náuseas.

Noa les pidió a las chicas que nos detuviéramos. A regañadientes ellas pararon en una gasolinera sucia, con carteles oxidados y perros sarnosos merodeando la tienda.

Vomité en el arcén.

No quisieron esperarnos. Les molestó que me enfermara y me lo hicieron saber con gestos malhumorados y displicentes. Se fueron y, al rato de permanecer en la vereda, empecé a sentirme mejor. Noa y yo estuvimos jalando dedo un par de minutos hasta que dos chilenos se ofrecieron a llevarnos en su furgoneta. Eran mayores a nosotras y su único tema de conversación era el rock progresivo sinfónico. Hablaron de grupos musicales que incluían quenas de hueso de llama, de ciervo o de jaguar en sus canciones; de los Chamanes Eléctricos que, además de tocar guitarras, bajos y teclados, usaban quenas fabricadas con alas de cóndor.

La flauta es el primer instrumento de la historia, nos dijeron, fue hecha con hueso de bestia, ¿cachai? La vida y la muerte del animal silban por estos agujeritos, oigan y vean.

Antes de salir de Guayaquil, Noa me puso una canción de los Chamanes en la que suenan erupciones, tormentas y sismos. Ellos usaban fragmentos de música andina y grabaciones de sonidos naturales como caídas de agua, ventiscas, trotes de animales, etcétera. Su tema más escuchado tenía en loop una erupción del volcán Reventador. Su segundo tema más escuchado, el terremoto que devastó Pedernales.

Una onda acústica viaja más rápido que una onda sísmica. El sonido llega antes a la conciencia que la luz y que la desesperación. Durante años la gente creyó que los terremotos se generaban por el derrumbamiento subterráneo de montañas, y era lógico pensarlo porque un monte partiéndose vibra y ladra, retumba como si en su boca se quebraran otros planetas. Noa oía estos ruidos en sus pesadillas. Muchas veces la vi revolverse en la cama, sudar, gemir por lo bajo, y me pregunté si de verdad lo que ella escuchaba no tenía nombre o si temía nombrarlo, como cuando dejamos de pronunciar ciertas palabras por miedo a hacerlas aparecer.

Los chilenos nos contaron de cuatro sismos en los que creyeron que morirían aplastados tras ver una luz intensa, un destello entre el blanco y el azul. Cada vez que la tierra se rompía nosotras veíamos esas luces. Era normal que el resplandor fuera veloz, pero una tarde la sacudida trajo consigo una luz larga que hizo que la madre de Noa le disparara al suelo: ¡deja de moverte, hijueputa!, le gritó, y se puso a llorar de los nervios. Yo imaginaba los sueños de Noa como las réplicas mentales del terror que pasábamos cuando salían esas luces.

¡Madre de piedra, espuma de los cóóóndoreees!, cantaron los chilenos. ¡Amor, amor, hasta la noche abruptaaa!

Con ellos entramos en la blancura y la densidad de la niebla andina. Recuerdo la extensión infinita del páramo, el sonido fantasmal del viento.

Uf, este paisaje es un monstruo, dijo Noa.

Parqueamos la furgoneta en una zona estéril. Estábamos contentos, pero cuando bajamos yo sentí el frío creciendo en mi vientre como un hijo. Algo dispuesto a formarse en mí. Algo dispuesto a romperme. Las nubes cubrían con un velo el horizonte, no la espalda vieja del páramo. Caminamos al interior de su cielo amarillo, atravesamos sus matorrales y, en el corazón de la altura, gente apareció de entre la niebla buscando el volcán.

Parecen zombies, dijimos. Parecen muertos dos veces.

Desde cualquier lado se los podía ver con sus mochilas a cuestas como astronautas. Primero diez, luego veinticinco, luego treinta y siete, luego cuarenta. El número crecía conforme dejábamos atrás los caballos chupa y las orejas de conejo. Era extraño movernos juntos en dirección a lo que no se podía mirar, pero de vez en cuando la neblina se apartaba y veíamos lo caliente: un coloso, un altar de magma brillando en medio de la hora azul. Dicen que frente a lo grande uno se siente irremediablemente pequeño, pero yo me sentí inmensa guardando el tamaño del volcán en mis ojos. Pensé: esto cabe en mí. Y bajo nuestros pies el suelo de pajonales se fue desnudando para dar paso a un desierto negro con chuquiraguas florecidas.

A veces me acuerdo de esa tarde y siento miedo. Miedo de cómo somos justo antes de que una experiencia nos cambie.

Vimos chagras montando caballos colorados y uno de los chilenos me contó la historia de la Siguanaba, un espectro con forma de mujer que atrae a hombres hacia un barranco para mostrarles su cara de caballo, enloquecerlos y hacerlos despeñarse. Entonces Noa me agarró del pelo y me explicó que «pesadilla» en inglés era «nightmare», y que «nightmare» tenía en su interior la palabra «yegua».

«Mare» es yegua, dijo, pero así también le llaman al espíritu malvado que sofoca a las personas mientras duermen.

Hay cosas que no se olvidan. Cuando sueño mal, yo oigo cascos y relinchos.

Tardamos una hora en encontrar las instalaciones del Ruido Solar: un semicírculo de más de cien carpas y un escenario modesto donde se ponía el sol. Yo ya me había acostumbrado al frío, al cansancio y a la sensación de irrealidad que me daba el silbido del viento en la oreja. Hay vientos que pueden matarte, decía Noa: wayra huañuy, wayra puca, wayra sorochi, wayra ritu. Era la primera vez que veíamos a tanta gente junta. La tierra nos acunaba y el bullicio del asentamiento hizo correr lejos a los guanacos.

Al llegar nos revisaron las mochilas.

No se permiten armas ni proyectiles, dijo un chico con un gafete. Yo le contesté que sabía disparar: me enseñó mi madre, le dije. A Noa también le había enseñado su madre, porque en la costa a los hombres los mataban, pero a las mujeres primero nos violaban y luego nos mataban. En los barrios ya no había nadie mayor de edad que no supiera defenderse, aunque de nada nos servía. Los criminales comunes decían pertenecer a narcobandas para que nos asustáramos y los soltáramos: ¡vivan los Lobos!, gritaban, ¡vivan los Choneros! ¡vivan los Tiguerones, carajo! Noa me contó que, cuando todavía estaba en la barriga de su madre, un supuesto tiguerón se metió en su casa y su papá lo golpeó tanto que le hizo saltar los dientes. El tipo huyó, pero a los pocos días encontraron un charco de sangre en la entrada, cinco dientes y una cabeza de perro. Nos van a matar, dijo la madre de Noa, y el parto se le adelantó un mes. Según Noa, esa fue la razón por la que su madre empezó a verla como un producto en mal estado, una hija podrida desde el vientre.

Al menos no te pega, le dije yo.

Eso da igual, lo que importa es que quiere.

Entramos al campamento con los chilenos, pero pronto los perdimos en caminos de arena seca y bruna. Las carpas del festival formaban cuadras con sus propias esquinas y cruces señalizadas, y la gente había empezado a acomodarse y a levantar sus tiendas. Vimos bailarines sosteniendo antorchas y aros de fuego, instrumentos musicales que sonaban a mamuts y a llantos de mangle, relojes astronómicos, cuerpos desnudos pintados como la bóveda celeste, caras tatuadas, cabezas con cuernos y chakanas talladas en meteoritos.

Esto es tiempo congelado, nos dijo una mujer que los esculpía, un tiempo tan antiguo y extranjero como Dios.

En la cordillera los cazadores de rocas espaciales se llevaban las más valiosas para venderlas. El resto eran recogidas por los pobladores de la zona y tratadas como piedras divinas. Fragmentos de asteroides y de cometas colgaban de los cuellos de los chamanes, piezas sin ningún valor para los que comercian con meteoritos de gran tamaño, pero espirituales para los que celebran la fiesta del sol. Eran piedras oscuras y pequeñas, a veces porosas, a veces compactas, que se utilizaban en rituales o para artesanías. Muchos las compraban como una curiosidad, otros porque creían que tener un poco de cielo los haría más andinos, verdaderos hijos del Inti y de la Mama Killa. Había rockeros y ruidistas usándolos sobre camisetas de King Crimson o de Sal y Mileto, gringos con ponchos caros que buscaban la experiencia ancestral y que los cargaban bajo el sol, coleccionistas que regateaban por meteoritos que tal vez ni siquiera eran meteoritos.

En el festival había gente que tatuaba con huesos y madera. Que adivinaba el futuro con hojas de coca o en las entrañas de animales pequeños. Que pintaba ciega, bailaba ciega y tocaba instrumentos ciega. Músicos que mezclaban géneros impensables para crear electropasillos, rumbablues, mambojazz, bachatapop y capishcafunk y que imitaban voces de animales. Médiums, bodyhackers, fotógrafos de auras, ventrílocuos y grabadores de psicofonías.

Nosotras conocimos a una pareja que hacía tecnocumbia espacial con sonidos que la NASA extraía del universo. En sus canciones se oía el viento de Marte, tormentas solares, auroras en Júpiter, pulsaciones de estrellas y de nebulosas. Él se llamaba Pedro y ella Carla. Contaban que el sonido de un meteorito era el incendio de su propia luz en la atmósfera terrestre.

Los sonidos hablan, decía Carla. Por ejemplo, Júpiter suena a pájaros.

A ellos hubiera querido conocerlos antes, pero el primer día nos juntamos con dos músicos que fabricaban sus propios tambores. Cada semana grababan un podcast en donde hablaban sobre la relación entre la violencia y la música. Sus temas iban desde canciones de combate a técnicas para la fabricación de instrumentos, cacería y chamanismo. Creían que el tambor de piel de ciervo inducía al trance y que ciertos ritmos favorecían los estados ampliados de conciencia. Uno de ellos dijo: quien sea incapaz de desollar a una cabra, jamás podrá tocar un tambor. Y nos mostró su caja ronca, un objeto mítico que según la leyenda hacía sonar a la muerte.

A ver, le dijo Noa, tócalo.

Se llamaba Fabio y su caja sonaba a árboles cayendo sobre algo vivo y muscular.

Lo inventé yo, nos dijo, ¿a que no adivinan lo que lleva dentro?

Noa pensó que eran insectos. Yo, hojas secas o uñas.

Cabezas reducidas, nos contó con orgullo, tzantzas de verdad.

Era difícil conseguir tzantzas reales con tantas falsificaciones en el mercado turístico, pero él estaba seguro de que las suyas lo eran porque formaban parte de su herencia familiar. Las encontró entre las pertenencias de su tío abuelo, un traficante que vendía curiosidades ilegales a europeos a principios del siglo pasado.

Tienen los labios cosidos, dijo la chica que lo acompañaba. En sus manos el tambor sonaba hueco, como si el pelo de las tzantzas suavizara los golpes. Y añadió: adentro las cabecitas se besan.

Ella era grande y de sus pulseras colgaban pezuñas de llama que al chocar me hicieron oír la lluvia.

Por el instrumento habla el cadáver, nos contó.

¿Y qué dice?, le pregunté, pero ella me respondió otra cosa:

Me llamo Pam.

Comimos hongos y Noa repitió que el oído es el órgano del miedo, como si desde un principio hubiera sabido lo que nos iba a ocurrir. Eran varios los que llegaban al Ruido con intenciones experimentales, varios los que destruían objetos en el escenario, cantaban canciones entre el llanto y el grito y producían resonancias espectrales con sintetizadores e instrumentos raros, pero solo Fabio y Pam creaban tambores inspirados en mitos y en leyendas. Cada uno tenía el suyo, hecho con sus propias manos, y decían sentirse atraídos por el aspecto tribal de la percusión, por su lado femenino y antiguo. Nos contaron de tambores fabricados con cráneos de niños, tambores de agua y leche que podían transportar a cualquiera al mundo de los muertos, tambores mágico-religiosos y tambores de guerra.

Para hacer música, hay que aprender a amar la muerte, dijo Pam.

Es difícil explicar lo que pasó a partir de que los hongos subieron. Escuchamos ruidos que salían del amarillo y del ocre, observamos la forma abierta del rojo. Los chamanes usan este tipo de plantas para conectarse con el mundo subterráneo y aéreo, para hablar con los animales, los árboles, los ríos y adivinar el futuro. Cuando llevas hongos en la sangre un ojo se abre dentro de tu tálamo y llora. Un ojo gordo de cíclope: negro y absoluto. Por fuera yo sonreía, pero mi ojo interior lloraba, no de tristeza sino de exceso.

Estábamos sentados en la arena cuando Fabio empezó a hablar de tambores de piel humana. Dijo que, según los relatos de algunos cronistas, los incas convertían a sus enemigos en instrumentos musicales para la guerra. Estos tambores se llamaban «runatinyas» y se elaboraban conservando la integridad de los cuerpos, es decir que si los incas querían asustar a sus adversarios les cosían el instrumento dentro de sus barrigas. Eso fue lo que tuve que imaginarme en mi viaje de hongos: hombres-tambores que parecían vivos a la distancia. Me sentí enferma porque vi mi vientre abultándose hacia arriba con la forma de un inmenso tambor. No fui la única que alucinó esto, Pam golpeó el suyo con las palmas abiertas y yo escuché manadas de vicuñas trotando a lo lejos, movimientos tectónicos, estampidas de bestias bajando de la cima del Chimborazo.

Toda percusión suena a truenos, dijo Pam. A truenos, terremotos y a un corazón.

Permanecimos en la tienda hasta que el Poeta se puso a recitar sobre el escenario. Salimos a escucharlo y temí que las palabras me hicieran algo que yo no quería, algo como cuando escuchas una canción y se te ponen los pelos de punta y lloras, pero no de tristeza sino de una emoción incomprensible. Recuerdo que el suelo latía igual que una membrana y que me caí varias veces sobre su piel nervuda. Los rostros de la gente se repetían, el tiempo se repetía. No sabía qué hacer con mi barriga de tambor así que la sostuve con ambas manos como si fuera un bebé o una bomba. Soy peligrosa, pensé, el sonido de mi vientre es violento porque sale del golpe. Hay que golpear el tambor para que suelte el rayo, la tierra, la pata de llama. Al Poeta lo escuchamos excitadas por los hongos, con el pecho y las pupilas grandes mientras él derramaba su voz como un goteo fresco sobre la montaña.

Escucha al volcán, kuyllur,
yo lo abro para cantarte
el gran poema del sol.
¿Ñachu shamunki?

Recuerdo a la gente llevándose las manos a la cara.
Recuerdo flores doradas, sikus y guitarras eléctricas.

Somos del viento y de la noche.
Primavera oscura, sasaka mía,
primavera oscura en la noche más larga.
Haku wichayman, haku wichayman.

Ballenas cantan en los Andes.

Ninguna ballena ha bebido jamás agua pura de páramo, sus cuerpos no han descansado en la montaña ni recibido la protección del volcán, pero el Poeta hizo que una apareciera frente a nosotras. El encantamiento ocurrió en ese instante, cuando sus versos alimentaron nuestro viaje alucinatorio. La ballena se alzó grande y oscura delante del nevado, atravesando el fuego de los Diablumas con su cola y tragando viento. Sé que lo que digo no puede ser verdad, que ese tipo de animales no existen en las alturas y, sin embargo, la oímos llorar como si le doliera estar allí.

Qué bonita bestia, me dijo Noa. Y con la llegada del ocaso la ballena creció aún más y tomó el color desigual de la luna.

Ruido solar en la piel de los gigantes,
ruido galáctico, sasaka mía,
ruido de cóndores en Marte.

Ñami pakarin.

Es imposible pensar el páramo, pero el poema nos hizo sentirlo en la frente como un pedernal. Pocas cosas puedo decir de esa caída de sol. Cuento que el pelo de Pantaguano volaba sobre su rostro a veces, trayendo la noche y espantando la niebla. Que la gente hizo silencio en medio de la repentina claridad nocturna y que se abrazó bajo el cielo estrellado.

Que las palabras me parecieron objetos vivos, notas musicales, criaturas recién descubiertas. Cuento que vi depredadores rodeándonos mientras se inauguraba el festival, mientras el Poeta bajaba del escenario y los aplausos reventaban en su nombre. Cuento que a las bestias las ahuyentamos con la fuerza de nuestras voces juntas, y que todos cantamos o gritamos porque en el fondo era lo mismo, cantar o gritar, y así las asustamos. Así soportamos la venida de la noche, la llegada de la tuta. Y en ese rato yo aún no sabía que Noa pensaba ir a buscar al padre que la abandonó, pero igual le dije: no me dejes, no me vayas a dejar. Y ella me agarró la mano muy feo y me dijo: ese hombre, ¿ves a ese hombre? Te juro por mi vida que antes era un oso.

MARIO

Subí al valle por la danza del sol y de los chagras. Llevé la forma del Diabluma conmigo. Era el mes del Inti Raymi. Me dijeron que si entrenaba podría aguantar hasta setenta y dos horas bailando. Les creí porque yo ya lo había visto.

Con mis compas de la academia hicimos un grupo para ir al Ruido Solar juntos. Queríamos bañarnos en la cascada sagrada, ser Diablumas y prender el fuego de la fiesta. Al festival iban muchos bailarines, nomás que no cualquiera era una cabeza de diablo. Yo quería ser una cabeza de diablo y encarnar la luz y la oscuridad del mundo. Llevamos nuestras máscaras y nuestros látigos. Nuestros zamarros de piel de borrego. Nuestra chicha. Un Diabluma tiene dos rostros: uno que mira hacia delante y otro que mira hacia atrás. Tiene colores y doce cuernos. Solo el Diabluma prende el fuego de la fiesta del dios sol, eso se sabe.

Subimos.

El baile del solsticio es cansado. Saltas con un pie y luego con otro. Saltas como corre un caballo y las mujeres cantan. Es bien sabido que los festejos se inventan sus propios personajes. El Inti Raymi se inventó al Diabluma para que ordene el universo, por eso va desnudo a mojarse de noche. Tres noches se baña con agua de quebrada y luna nueva. Agarra la fuerza de la montaña. Limpia su máscara de piojos con un fuete. La vida del diablo se le mete en el hocico y aguanta. No es que yo crea esto, pero la leyenda es bella. Bailar en el alto páramo con satán adentro es bello.

En la academia no aprendimos nada sobre el Diabluma. Danzar debe ser emocionante, decía yo. Danzar es una experiencia sentimental. Bailando yo hago que mi carne piense. Leí sobre danzas extáticas, practiqué algunas. Al éxtasis lo llaman «el rapto» porque es como salirse de uno mismo hacia arriba. Es como elevarse uno mismo hacia dentro. Teníamos ganas de brincarle al Inti, ganas de divertirnos. Cada baile te hace sentir diferente. El butoh es aterrador, las danzas de los concheros y de los giróvagos son hermosas. Bailar cualquier danza durante un día o más es causa de arrebatamiento: pasas la frontera del cansancio y después hay algo igualito a Dios. A mí me pasó por bailar muchas horas seguidas que una luz vino a espantar mi pena. No la hizo irse, pero la convirtió en amor. Un amor enorme por toditas las cosas que odiaba. Un amor malvado.

Si me preguntan, la danza del sol debe entenderse antes de hacerse. Es un baile de la Pachamama y de los astros. Es de la fertilidad. Un bailarín tiene que superar su agotamiento y no rendirse, por eso hicimos el rito. Tres noches nos bañamos en la pakcha y cogimos la fuerza de la naturaleza y del diablo. Limpiamos nuestras máscaras en el agua. Saboreamos la tierra. Un Diabluma tiene dos rostros limpios y dos lenguas: una por delante y otra por detrás. Son lenguas revoltosas, lenguas de perro alunado. Del mito hay varias versiones. Dicen que puede aparecerse una gallina negrísima mientras te bañas. Nosotros no vimos ninguna y nos dio harta pena. Dijo el Julián que fue porque nos olvidamos del ayuno que manda el Inti. Un Diabluma debe ayunar ocho días antes de la fiesta, pero tuvimos hambre y desoímos. Tampoco es que creyésemos en las historias, nomás queríamos hacer bien los pasos. Hubo un tiempo en el que las cosas se hacían bien y al Diabluma se lo llamaba Aya Uma, que significa cabeza espiritual. Fueron los españoles quienes lo endiablaron. Por eso el Julián le dice Aya Uma, pero a mí me gusta más decirle cabeza de diablo. No por nada, solo que ya me acostumbré a bailar con mi diablo rojo ají encima: de esta manera le digo yo al genio endemoniado que me sale a veces. Si me cabreo, me pongo colorado y destruyo lo que tengo cerca. Me metí a bailar para botar esa ira mala de dentro. Soy un Diabluma y no un Aya Uma. Tengo dos caras: una por delante, otra por detrás.

Los primeros días del Ruido pensé harto en el polvo. Los Diablumas saltan y levantan el polvo del páramo. Los chagras también. Ellos bailan, solo que no lo saben porque son vaqueros. Bailan con los caballos y con las reses. Montan yeguas y persiguen a las vacas asustadas y a los toros bravos de montaña. Verlos es difícil por la cantidad de tierra en el aire. Nubes marrones tapan al ganado que trota y corre en círculos. Oyes a los chagras jineteando duro y a los animales berreándole al cielo. Un coro montuoso es ese, un coro salvaje. Es conocido que los gritos de las vacas arrechan a los caballos y a los hombres.

Un rodeo es un baile.

Cuando los vaqueros se caen, las vacas, los toros y los caballos los pisan. Parte de su danza es que puedan caerse y morir. Una vez vi a un chagra con la cabeza en el suelo, sonriendo y borracho. Algunos beben para aguantar el frío y envalentonarse. Su danza está llenita de polvo, llenita de pisadas. Tiene violencia, poder y sumisión.

Levantar la tierra es decir: polvo de sol somos y al mismito polvo del sol volveremos.

Las cantoras del festival lo entonaban alto: los átomos bailan, nada está sin moverse. Física básica cantada en sanjuanitos, pues. Decían que el Diabluma elevaba el páramo hacia las estrellas como un chagra. Que el Inti Raymi era la energía del baile meneándose en lo oscuro. A esa energía algunos la llaman Dios. Yo no la llamo de ninguna manera, nomás pienso en ella. Pienso en el vacío, en los átomos, en el polvo y en el sol. Bailo y pienso en qué es el baile. Un cuerpo transformado por lo extraño, pienso: por la luz.

A mí me gustaba harto estar cerca de las warmis cantoras. Ellas cantaban y contaban historias cada noche. Cantaban y contaban frente al volcán y bajo el cosmos negro. Llevaban marcas de dolor, digo: moretones y rasguños en sus cuellos.

A veces me iba a ver cómo encendían una fogata. Hablaban bajito esas tres warmis, salvo frente al fuego ardiente. Otras me escapaba y recorría el páramo en busca de chagras. Eran paseos largos y helados: me ponía mi poncho, me bebía una punta. Si hacía sol era más fácil. Siempre había ruido en el festival, pero el páramo es callado. Su silencio es el viento: un poema silbado, bello y asustador como el Diabluma. Escuchando el viento uno escucha lo espiritual. Eso decían las cantoras con sus cuentos de cóndores enamorados.

Toda montaña suena a wayra, decían: así habla su Apu, el espíritu protector de las cumbres.

Les creí porque una vez vi un trozo de glaciar cayendo del volcán. Me detuve y lo miré toditito caer. Parecía pelo blanco de montaña, pelo viejo de tayta. Escuché su ruido hecho de viento y pensé en los Apus de los grandes montes. Alrededor no había caballos, ni reses, ni llamas y la música era distante. Bailar en los nevados es una vaina bien linda, me dije, solo que si te cae un trozo de hielo ahí nomás te quedaste. Ningún Apu va a irte a salvar el culo.

En el festival había un montón de bailarines. Mi otra compa, la Adriana, se hizo amiga de uno que bailaba en los acantilados del Pacífico Sur. Estar a salvo es distinto a estar vivo, eso se sabe, pero a él nomás le interesaba la técnica. Los bailarines son esclavos de la acrobacia. Esclavos de la belleza, pues. En cambio, la Adriana amaba el riesgo y la fealdad.

Quien se atreve a ser feo es grande, decía ella. Los movimientos bonitos se gastan, el infinito está en el accidente y en el error.

Nos entendíamos, solo que la Adriana estaba loca. En la academia una vez nos cayó una balacera y toditos nos tiramos al suelo menos ella que siguió bailando. Casi una hora estuvimos con las balas silbando sobre nuestras cabezas. La Adriana ni se agachó.

Esos hijueperras no me van a cambiar el plan, dijo.

Cuando llegamos al Ruido se nos perdió y el Julián la buscó como si fuera su padre. Un poco el papá de los dos sí era el

Julián, pero a la Adriana no había que buscarla, había que dejarla irse. Nunca sabíamos por dónde iba a salirnos con sus chifladuras. Ella armaba y desarmaba planes, soltaba lo primerito que se le ocurría y nos dejaba botados por cualquier cosa nueva. No lo hacía de mala gente, sino de desconsiderada. Ni bien llegamos al asentamiento se fue a pasear y ya ni la sombra le vimos. Yo se lo dije al Julián: esta man ama lo peligroso por purita canallada, por purito deleite. Volverá, le dije, y al tercer día la hallamos con unos Diablumas que nos invitaron a beber pese a la cara de ladrillo que traíamos. Muertos vivientes parecían, sobre todo la Adriana que andaba con moretones en los brazos y en las piernas. Según ella se sentía bien, y así a lo mejor era porque se reía harto, pero igual la llevamos a donde el yachak para que la revisara.

Había solo uno en todo el festival, el resto eran chamanes con guitarras eléctricas que no sabían curar a nadie.

Un yachak es un chamán que sabe.

Lo encontramos en la carpa de las plumas falsas. Cargaba un cráneo de oso y jugaba al ajedrez de los Looney Tunes con una chica ciega. Miró a la Adriana de cerquita. Le sopló en los ojos, leyó el humo de la vela y tardó poquito en decir: LSD y soroche. Eso era lo que tenía ella y el Julián se cabreó durísimo. A la Adriana hay que dejarla irse, le avisé, pero él no vio su baile hondo y se puso a gritarle que era una inconsciente, y como ella era pendenciera le dijo: déjame en paz, mamaverga.

Siempre hacía eso la Adriana: poner bravo al Julián. Podía hacerlo, entonces lo hacía. Le gustaba la atención, también rechazarla si notaba que era bastante. Yo jamás le insistía cuando se portaba de esa manera atolondrada. El Julián tenía la culpa por querer echarle las riendas como a un caballo. Le encantaba hacer de padre. Éramos su rebaño y él el pastor.

Esta man se va a matar, me dijo.

Ya pues, déjala nomás que se mate.

Yo me mantuve quedito en la pelea porque el yachak nos ofreció una limpia. Nos restregó ortigas en el pecho. Nos escupió agüita de hierbas de chichil y humo de cigarro. Nos pasó un huevo cerca de las orejas y nos murmuró las palabras sagradas. Un rato después nos mandó a dormir.

Con mis compas bailábamos para curarnos de nuestros males de nacimiento. El mal del Julián eran sus ganas de pastorearnos. El de la Adriana, sus ganas de autodestruirse. El mío era mi diablo rojo ají. Yo se los conté sinceramente: cuando me entran las iras, me hago toro.

Un chagra sabe domar al animal embravecido, les conté. Lo desbrava y es digno de admiración.

Una vez el Julián me agarró del pescuezo para que no me le fuera encima y enseguidita se me bajó la fiebre. Enseguidita sentí vergüenza de mi emputamiento. Es así: cuando el diablo se sube a mi espalda, yo rujo. Tiemblo y me dan ganas de hacer daño. Es un sentimiento enfermizo y culposo. Otra vez empujé a la Adriana por unas escaleras sin querer. De rumba andábamos y algo me dijo al oído que me dio coraje. Al rato me amansé, pero ya la había tirado. Ya le había mostrado al diablo de dos lenguas y de dos caras. Es jodido eso. Ella se despertó con sangre en la frente y me dijo: tranquilo, bro, tranquilo. Pero igual yo me puse a llorar y la Adriana se rio de mí.

No sé si la ira está en los genes. No sé si está en el cerebro o en el corazón, solo sé que es una condena. A mis compas les expliqué lo que el cabreo me hacía. Les dije: me embrutece. Y en lugar de espantarse ellos me animaron a bailar como el Diabluma.

Hay que bailarle al sol con nuestros vicios y nuestras virtudes, me dijo el Julián. Cada quien lleva a cuestas su mal y lo danza. Cada quien se mueve con el peso de lo suyo.

La Adriana era indisciplinada, nunca bailó como debía. Ni siquiera al Julián lo vi ejercitar el silencio del Diabluma. Ellos se concentraron solo en el físico. Saltaban por las mañanas, saltaban por las noches. Se drogaban, pero apenitas y con drogas naturales. El baile no es solo saltar, les decía yo, es saber enmudecerse. Es una forma del tiempo de la cabeza. Un Diabluma baila callado porque está excitado por el sol, como los electrones de los átomos que también bailan callados. Se excita y abandona todita lengua humana. Parte del corazón debe estar quieta para aguantar esa mudez sacudidora de piernas. Parte del corazón en paz y la otra en el fuego. Ni el Julián ni la Adriana le hacían espacio a la calma, creo yo que por miedo a pensar en sus diablos. Acelerados iban nomás, con sus cuerpos llenitos de ruido. Yo sí les daba pensamiento a mis males porque no quería quedarme solo: perdí a muchos amigos por culpa de mi genio enfermo, mis compas fueron los únicos que se quedaron. Ellos me dijeron: uno va donde sus ñaños van, y se quedaron. Sentían lástima por mi lado pernicioso, pero a mí ese lado no me conmovía. Sin darle un poco de silencio se tragaba hasta mis ojos.

Una mañana encontré chagras cerca del campamento. Los vi cruzar y pensé: ¡qué hermoso es un caballo, carajo! Cuando miras a uno te haces fantasma y no estás en ningún rincón. Los hombres que montan caballos dejan de ser hombres. Se unen lomo a lomo con ellos y ya no son hombres. Tampoco bestias: son otra cosa. Me aguanté y los vi hacerse chiquitos hasta que sonó el disparo. Sonó durísimo: los caballos levantaron las patas del susto. Pude haberme ido, solo que mis piernas no quisieron. Las vi moverse hacia el frente. Primero despacio, luego rapidísimo. Me puse a correr aunque no quería. Corrí recto hacia los chagras.

Metros para afuera un hombre sangraba entre los pajonales.

Paré por instinto. Me dije: uf, ese man está bien muerto. Cerca del caído un potro daba vueltas y vueltas con los ojos desorbitados. Uno de los chagras gritó: ¡cuatrero hijueputa!, y disparó otra vez, a quemarropa. Retrocedí lento y me fui por donde vine porque no quería problemas. Así les va a los roba ganado: les dan bala. No sé si es que el muerto estaba muerto de verdad. Uno pierde la conciencia por el dolor, eso se sabe. Puede que estuviera desmayado nomás. Es como lo de la caja y el gato: si no abres la caja el hombre está vivo y está muerto. Por eso es mejor no abrirla, me dije. Por eso es mejor dejarla cerrada.

Ese día me empeñé en olvidarme del muerto. Lo olvidé y en su lugar me puse a pensar en los caballos. Los que son libres corren cuando quieren, saltan cuando quieren. Se llevan a ellos mismos solamente. Los domados son esclavos. Tampoco nosotros somos libres. Si lo fuéramos correríamos más, saltaríamos más. Puedes ser dócil porque te golpeen o porque te acaricien, la cosa es que nadie quiere ser dócil. Nadie quiere perder su libertad. Yo le pregunté al yachak: ¿cómo hago para domar a mi diablo? Y él me respondió: pregúntale al volcán cómo es que duerme con ese fuego.

Uno pierde la cara que le es propia con el enojo, se le deforma y se le hace una cara indigna. Esa otra cara es el volcán. Ese otro baile es el problema.

Conocimos a la Noa durante la tocada de los Chamanes Eléctricos. Hacía harto frío y después de oír a las cantoras me despedí rapidito del Julián. Le dije que me iba al concierto, pero él no quiso venirse. Sentía disgusto por la música de los Chamanes, le parecía mentirosa y exagerada. A mí también me lo parecía. Ellos se llenaban la boca con engaños como que la música expulsaba los malaires de la gente. Mentían, yo sé. Era el baile el que limpiaba a las personas del viento malo. Era el baile el que las exorcizaba. Fui al concierto y quedito me quedé mirando el pogo desde fuera. Un baile con riesgo es ese: uno que se atreve a ser feo. Sudas y sangras. Avientas puños y patadas. Saltas sobre los que saltan. Chocas, pero con respeto. Le das la mano al que se cae. Lo levantas y lo devuelves a la marea. El cuerpo se entrega vivito a la colisión. Saldrás dañado, solo que no adrede. Nadie poguea para dañar: nadie en el pogo es cruel. Yo le dije a la Adriana que se anduviera con cuidado porque se formaban torbellinos frente a la tarima. Cuerpos salían disparados y volvían a meterse en el tumulto. Dos o tres veces me quedé viendo pelos, brazos y piernas en una bola gorda. La bola se hinchaba, se achicaba, se hinchaba de nuevo. Oías gritos de purita euforia, gritos de purita emoción. Muchos creen que es salvaje. Si me preguntan, yo digo que cualquier cosa que nace en este mundo nace con violencia. A mí los pogos me hacen pensar en los asteroides que chocan con la luna. En los meteoritos. En el sol que tiembla como un bombo. Yo miraba el volcán y me acordaba de los volcanes en Marte. Así en la tierra como en el cielo, dicen. Lo mismo digo yo del pogo: así en la tierra como en el cielo. En el escenario estaban los Chamanes con el Poeta y unos Diablumas que zapateaban fuerte. Cayó un aguacero sin fin y el público se quedó bailando nomás. Las drogas los pusieron calientes: ni sintieron el frío, ni el hambre, ni el cansancio, solo bailaron. Fue una tormenta fiera, pero el páramo se dejó oír. Tembló horroroso y nosotros nos asustamos harto. Tronó y temblequeó la montaña enterita con sus vicuñas y con sus alpacas. Duró mucho el terremoto o así me lo pareció. Luego nos alumbró un relámpago y gritamos de alegría. Fue asustador ver la cumbre del tayta Chimborazo iluminada y sin estrellas. Un trozo grandote de muerto, pues. Entonces el Poeta tocó el pelo largo de los Chamanes y ellos se sacudieron como si les cayeran rayos. Yo vi que rasgaron sus guitarras y que se pusieron a convulsionar. Llevaban cuernos de venado de cola blanca en sus cabezas. Abajo la gente siguió pogueando despreocupada. Bonito pogueó la gente hasta que el pogo se descontroló.

Fue así: el público se abrió en dos mitades igualito que el mar Rojo. La pared de la muerte, la llaman. Uno de los Chamanes partió el mar con las manos y enseguida las cerró. Se estrellaron durísimo. Hombres y mujeres fueron pisoteados. Los de los márgenes huyeron o trataron de huir. Al ver la sangre me preocupé por la Adriana. Es algo que te hace preocuparte, solo que no reaccionas bien. La gente salió llorando. Hasta los Chamanes dejaron de tocar. Hasta el Poeta y los Diablumas se bajaron del escenario. Yo pensé: va a ser jodidísimo dar con la Adriana, pero la encontré. Arrastraba a una chica de pelo azul que estaba como ida. La arrastraba mal, digo, peinando con su peso la tierra. Fue feísimo y ni se movía la chica. Tenía sangre en la cabeza, un rasguñito apenas. Igual que con el cuatrero yo me dije que estaba bien muerta, pero no. Temblaba la chica, temblaba la Adriana. El sol vibraba como un bombo por el día y nosotros vibrábamos por la noche. Era el ritmo asustador del baile, su ritmo miedoso.

De esta manera conocimos a la Noa: la voz del rayo, la voz de la yegua.

PAMELA

Soy grande, tengo el tamaño de un hombre. A veces caminaba descalza por el festival y me decía a mí misma: eres grande
igual que un hombre, pero hermosa, hermosa, y todos te miran y quieren estar contigo porque no hay nadie en este mundo, escúchame bien, pendeja, nadie, nadie, que no quiera estar
cerca de lo hermoso, dejarse vencer por lo hermoso, derro-
tarse, humillarse a los pies de lo hermoso. Mírenme: soy cas-
taña, casi colorada, y soy gigante. Me llamo Pam. Castaño
dorado es mi pelo, castaño miel de abeja o piel de árbol, y mis
ojos son cafés y súper claritos, ¿cachas? Antes era incluso más
guapa, pero qué se le hace si los años pasan y el cuerpo cambia para mal. Eso sí: sigo siendo grande y estoy buenísima,
para qué mentir. Algunas cosas cambian y otras se mantienen,
y hay una que otra que jamás dejará de ser cierta, como que
la gente sufre y busca la hermosura, desea y busca la hermosura, teme y busca la hermosura. Somos adictos a la hermosura y está tenaz, a ver: yo era hermosa por mi tamaño de afuera
y por mi tamaño de adentro. Todos me miraban y veían mi
inmensidad interna y enseguida se enamoraban o por lo menos creían enamorarse. Ni siquiera es que yo me esforzara, ni
siquiera me limpiaba a diario, y eso que en el Ruido iba a
veces descalza, y eso que tiraba riquísimo con Fabio cuando
los demás dormían o cuando estaban despiertos. Los demás
eran Noa y Nicole, Mario, Adriana y Julián, Pedro y Carla,
aunque primero éramos solamente Fabio y yo. Tirábamos y
tirábamos y tirábamos y qué rico era que me acabara adentro

y yo se lo permitía porque estaba embarazada de un mes y medio y ya no me iba a embarazar dos veces, obvio, estaba súper a salvo de esa huevada. Nadie lo sabía, nadie conocía mi verdadero tamaño de hombre, gigante, gigante, y a mí me gustaba tener un secreto y una decisión que tomar. La criatura no era de Fabio sino de otro man que no viene al caso, pero yo tenía ganas de ir al Ruido y olvidarme del peligro de las narcobandas y pasármelo bien y dejar la decisión para luego. Me fui embarazada y ni se me notaba, me tocaba el cuerpo y juro que no se me notaba. Mi vientre iba a hacerse un tambor con una cabeza chiquita, una cabecita hecha por mí y para mí, o no, porque la cosa es que yo ni quería ser madre, pero también me sentía especial, ¿cachas?, una caja ronca de carne y hueso haciendo su propia cabecita o sus cabecitas. En mi familia hay gemelos y mellizos y hasta trillizos y dicen que eso es genético, dicen que se hereda como un lunar en el culo o el color de los dientes, así que pensé que a lo mejor estaba haciendo más de una cabeza adentro mío y que, a lo mejor, si dejaba a mi barriga crecer sonaría igual que la caja ronca de Fabio. Tirar con él era riquísimo, yo estaba embarazada y un tema como ese influye en el sexo, no hay de otra, tiene que influir. Me parecía lindo que mi hije me diera tanto placer aun sabiendo que tal vez me lo sacaba. Elle lo sabía todo y yo se lo decía sin miedo: hije, a lo mejor te saco de mí, me gustas pero no te quiero, y elle entendía, era inteligente como cualquier proceso biológico, le daba igual seguir o detenerse, nacer o no. Elle era hormonas aumentando en mi cuerpo y un embrión. A veces le decía embrioncito, a veces elle, pero lo hacía en silencio para que nadie me escuchara, solo mi corazón primitivo, porque es cierto que así también le decía yo a veces: corazoncito primitivo, me gustas full, lo que pasa es que no te quiero. El corazón del embrión late en la semana seis y sus latidos no son humanos, sino veloces como los de un colibrí. Yo estaba súper pendiente, súper convencida de que sentiría sus pulsaciones en el estruendo del festival. Nadie sabía mi secreto, nadie. Con Fabio hacíamos nuestros instrumentos: matábamos cabras, venados, ciervos, borregos y los desollábamos y limpiábamos su piel y la secábamos y tallábamos la figura del animal en el cuerpo del tambor. Esto último era importante porque hacía que el animal se quedara encerrado allí, o al menos su espíritu, y era un gesto de respeto, de reconocimiento de que tras la muerte llegan esos sonidos bestiales con los que uno hace música. Nosotros sí nos tragábamos la violencia original de los instrumentos, no como otros que querían tocar sin mancharse, sin mirar al origen del sonido que es el mismo fantasma del muerto, y qué iban a saber esas manitas limpias del corazón primitivo de la música, qué. A mí me dolió la primera vez que tuve que cortarle el pescuezo a una cabra, uno nunca se olvida de ese dolor ni de ese miedo, pero cuando escuché el sonido de mi tinya entendí que ni lo sagrado ni lo sobrenatural se alcanzan sin sacrificio. Es doloroso hacer un tambor y está bien que así sea: hay que decirle al mundo que está bien sufrir y que si no sufriéramos ninguna cosa nos emocionaría, ni siquiera la música, y qué clase de vida de mierda sería esa sin emoción, sin levantamiento del cuerpo... Yo te digo qué vida sería: una vida sin órganos, una vida muerta. Noa y Nicole se juntaron a nosotros porque necesitaban un sitio para dormir, porque tenían curiosidad y porque yo quise que se quedaran. Es cierto que las invitó Fabio, pero si yo hubiera dicho que no, que no las quería en la tienda, que largo, ellas habrían tenido que irse. La cosa es que las acepté y empezamos a hacer todo juntas, incluso tirarnos a Fabio los días antes del pogo del infierno. Tirábamos y tirábamos entre nosotras y con él y era rico, riquísimo, solamente que se notaba que a Noa no le gustaban las mujeres y eso era un bajón tremendo, uf, qué bajón más grande que a una chica le gusten tanto los hombres, tenaz. Al principio ella te hacía creer que era una chica dura a lo Courtney Love, a lo Amy Winehouse, a lo PJ Harvey, pero en realidad era como las seguidoras de Charles Manson: una chica manipulable con serios daddy issues. Le encantaba gustar, ser amada, tanto que era incómodo y agobiante, tanto que a veces te caía mal y te daban ganas de humillarla, que casi te pedía a gritos que la maltrataras porque un amor servil en el fondo te pide que lo pises: un amor servil te pone en el lugar del amo y de esa manera te agrede, un amor servil es violento y ni siquiera es amor, sino deseo de obligarte a amar, deseo de no dejarte alternativa. Un día empezó a imitarme porque vio que Fabio me escuchaba y a ella solo le importaba atraer a los hombres como su padre. Qué aburrimiento, por dios, atraer lo fácil, lo pequeño. No tenía idea de nada, la pobre, pero quería saber y escuchaba y aprendía intentando digerir el mundo y adaptarse a él como un camaleón, como un bicho de los que simulan ser una hoja hasta que se convierten en una hoja y se pegan al árbol, como un animal que cambia de color, de piel y de sexo. El problema es que lo hacía para sentirse parte de algo grande, no porque de verdad le importara la música que para mí lo era todo, todo, por eso me costó aceptar su proceso, pero al final la pendeja llamó la atención del Poeta y le hizo creer que su disfraz era una pasión, que tenía una música sobrenatural dentro, cuando su única virtud era escuchar mis historias y las del yachak y las de las cantoras, digerirlas y transformarse, pero no me adelanto, no me adelanto, que este cuento es largo y complejo. Ella quería que yo le contara mi visión de la música y le conté que dejé de estudiar en el conservatorio para mancharme las manos, para regresar a la sangre y a las vísceras, a la respiración que sale de un instrumento de verdad. Lo supe en un viaje a la selva hace años donde tomé ayahuasca y el chamán guía tocó un tambor de piel de mono. Lo tocó muy bien, armó un hechizo rítmico, pam, pam, pam, como mi nombre, y me hizo llorar tanto que me desagüé y cambié para siempre. Los músicos de conservatorio no sienten el muerto del instrumento, pero un músico es un mago y sabe que un tambor abre puertas, que modifica tu mente con vibraciones, que desordena los sentidos y los reorganiza de la manera correcta, de la manera pluridimensional, la que te hará ver la revolución, ¿de qué?, me preguntó Noa, pues de las emociones, le respondí yo, obvio:

todo lo conocemos a través del sentimiento. Ella me pedía que le contara lo que pensaba sobre esto y aquello porque la escucha cambia, la verdadera escucha es una transmutación, y en ese tiempo yo pensaba mucho en el oído preterrestre de mi hije y en lo que estaría oyendo, si es que oía algo ya, y también en el sonido y en su cara espectral, en cómo te invade y te hace ver lo que está oculto, y recuerdo que Noa me preguntó si yo creía que una voz podía provenir del pasado y que yo le dije que cuando escuchamos tormentas, cantos de pájaros, rugidos de animales, escuchamos lo que ha sonado desde hace miles de millones de años en la tierra y que esos son los sonidos del pasado para mí, los fantasmas que están en el presente pero que te hacen sentir antediluviana o recordar lo que ni siquiera has vivido, tenaz. Nicole nunca me preguntaba nada, era diferente a Noa, pero seguía el hilo de nuestras charlas y a la hora de la hora pensaba por sí misma y eso importa, ¿cachas?, porque pensar te hace libre de las visiones de los demás. Lo malo es que ella no sentía el llamado de la música y no disfrutaba enteramente ni de la poesía del Poeta, ni de los experimentos de los Chamanes, ni de los cantos de las cantoras, ni de la sabiduría del yachak, ni del Ruido en general con todo su alboroto y su despliegue sonoro. Siempre andaba contenida y tensa en los conciertos, encerrada en sí misma salvo para estar pendiente de Noa, de quien jamás se separaba. La primera noche escuchamos juntas al Poeta y nos lanzamos al suelo, hundimos las manos en la arena y sentimos la vibración de la ballena imaginaria de su poesía, una ballena que tenía el tamaño del océano, y yo le canté suavecito a mi embrión, con voz ronca, como PJ Harvey: para traerte mi amoooor, primero tranquila y luego gritando: tu brin yu mai loooof. Qué canción más bestia, uf, yo nací en el desierto, y Noa me contó que iba a visitar a su padre, que lo había llamado y que él le había dado su dirección, que vivía cerca del festival, en el bosque alto, y yo le pregunté que por qué quería ver a un señor que la abandonó, un señor al que ella no había visto en diez años y que ni podría reconocer en medio de la gente, y Noa me dijo que no estaba segura, claro, porque su necesidad venía del abandono, del deseo infantil que busca el amor de los demás. Para ella todos éramos padres, todos éramos el amo al que se le exige amor. Nicole también era un padre para Noa, pero ellas se equilibraban: se querían, era distinto. Su amistad tenía algo enfermo. Siempre estaban juntas y la belleza de la amistad exige distancia: si te acercas demasiado la contaminas, esa es la contradicción del deseo: si lo atrapas, lo sofocas. El amor es un pájaro rebelde, dijo Bizet, pero Violeta Parra dijo que solo el amor con su ciencia nos vuelve tan inocentes, y Nicole calmaba a Noa cuando tenía pesadillas y se encargaba de que comiera y la vigilaba como si estuviera a punto de romperse, y Noa le daba la bienvenida a ese cariño guardián, lo recibía con ganas, la pendeja, y por culpa de esa dependencia no acababa de transformarse en lo que debía transformarse. Hay que dejar que lo que está vivo respire y colee, incluso si eso significa que se vaya, no importa, lo que se va es más hermoso todavía que lo que se queda. Aprendamos a amar lo que se va, dejémonos romper el corazón por lo hermoso: es el único dolor que vale la pena sufrir, el único que deberíamos proteger. Por eso cuando Fabio me confesó que me amaba yo lo puse en su sitio y le dije: no ames a la gente, ama la música, todo el tiempo estamos matando un poco a quienes amamos, pero no puedes matarla a ella así que ámala, le dije, ámala y protege el dolor que viene con la hermosura, protege la distancia. El noventa por ciento de las canciones son de amor o de sexo o de las dos cosas, le conté a Noa, y cuánta violencia hay en el canto de un pájaro que corteja a otro, cuánta. Eso es la música: la excitación como resistencia a la muerte, y lo raro es que no haya nada más excitante que la muerte misma, la muerte que es el origen de la excitación. Algunas noches Noa, Nicole y yo dormimos abrazadas en la tienda, con mi corazoncito primitivo latiendo allá abajo, y a Fabio yo siempre lo sacaba de entre nosotras: tirábamos con él y luego le decía que se fuera a su sitio, que largo, y esa era mi manera de hacerles ver quién mandaba en realidad, porque estábamos en un festival de hombres, sí, pero un tambor es como el vientre de una mujer embarazada y qué iban ellos a saber de lo monstruoso, de lo bestial, de lo arcano, de las canciones que sanan y enferman, de los cantos que despiertan lo tierno y lo horrible, como el de las sirenas: ese canto que alimenta el deseo loco que tenemos por la destrucción. Noa y yo íbamos juntas a los conciertos y pogueábamos y soltábamos la energía que a veces se transformaba en rabia comunal, en violencia sagrada dirigida por la música, y nos reíamos y sudábamos y gemíamos y era muy parecido a tirar, solo que mejor. Chocábamos contra nosotras y contra la gente y yo me acariciaba la barriga y animaba a mi corazoncito primitivo a bailar, y Noa y yo salíamos jadeando y yo le recomendaba que aprendiera a oír esa percusión viva de huesos y de músculos que nos convertía en una enorme batería humana, y ella la escuchaba y se lanzaba con más ganas a los pogos y los disfrutaba y de vez en cuando hasta los iniciaba. Se recogía el pelo azul bien alto, como un samurái, y se perdía con los ojos cerrados entre la gente, súper serena, súper dispuesta, pero yo los mantenía abiertos porque prefería ver contra lo que me pegaba: torsos grandes y macizos, menudos y débiles, espaldas blandas y otras tan rígidas que dolían y allí estaba yo, en el centro, pidiéndole telepáticamente a mi hije que se agarrara fuerte a mí y a mi experiencia, que aguantara los golpes y las caídas, que pogueara conmigo. Entonces me acordaba de la violencia sagrada y de lo que generaba en nosotros, el público, porque en el festival hubo quienes rompieron y quemaron sus guitarras, tinyas y teclados ante los gritos enardecidos de la gente, tipos que en la destrucción alcanzaban la cima emocional y estética que es la música acabando con todo, incluso con lo que la hace sonar. Nicole me miraba raro cuando les hablaba de estas cosas, pero yo no les decía que tuviéramos que morir por la música, no, lo que les decía era que nacer y morir eran lo mismo, lo mismo, por eso me emocionaba sentir a mi hije que jamás nacería ni moriría, que simplemente era un ritmo encarnado, nocturno y ciego, un renacuajo en el estanque de mis entrañas. Y aunque Noa se despertaba por las noches cubriéndose las orejas como si le dolieran, la realidad es que en el día siempre quería saber sobre música y magia y rituales, y me preguntaba por sonidos prohibidos y yo le hablaba del tritono, o sea, del intervalo del diablo, un sonido siniestro que se evitó en el canto eclesiástico medieval y que las cantoras cantaban muy bien. Un montón de músicos lo usaron en sus composiciones, le dije, el diablo es todo lo que no es Dios, es todo lo que agita el cuerpo: el blues, el canto llanero, el rock, el jazz, el yaraví, la bomba, la cumbia, el reguetón, la salsa, lo descontrolado, lo negro y lo indio, lo cholo, lo que despierta la melodía subterránea, o sea, lo sedicioso de adentro, lo que se subleva, y hay que oír esa insurrección, le dije, ahí está la nueva escucha que liberará nuestro cuerpo del imperio de la hermosura, o sea, la que nos ofrecerá un pensamiento nuevo y una sensibilidad nueva. Estoy segura de que Noa tenía pesadillas con sonidos oscuros porque los escuchaba en los cantos de las cantoras cuando ellas acercaban sus voces al límite de la capacidad humana. Las tres tenían cara de cóndor y decían que sus canciones no eran suyas, sino de los muertos que se los dictaban: tenemos algo para ustedes, les susurraban al oído los muertos, algo que se nos quedó por fuera de la muerte. Y yo me acariciaba la barriga y animaba a mi corazoncito primitivo a escuchar a esos muertos cantarines porque qué maravilla que a través del agua nos lleguen voces, latidos, un canto de ave o un grito, que nos entre el fantasma del exterior, una experiencia inolvidable. Por eso Noa quería parir el canto de los muertos como una nueva extremidad, como una cola de diablo, y para engendrarlo se sentaba junto a la hoguera mientras las cantoras cantaban con risas, llantos, jadeos, gritos y ululaciones, y la gente bebía, se drogaba y bailaba o solo las escuchaba durante horas como hipnotizada, a veces sin dormir y sin comer, porque las cantoras parecían tres cóndores sosteniendo notas largas, lo juro, saltando de grave a agudo, imitando los sonidos de varios animales e instrumentos. Yo le dije a Noa que tuviera cuidado con ellas, le dije: las sirenas fueron seres alados antes que seres de mar, ¿cachas?, pero no me hizo caso, no. Entonces le acabé preguntando si conocía la historia de «Song to the Siren» de Tim Buckley, una de las mejores canciones sobre el vínculo entre el amor y la muerte que existen y, como ella me dijo que no, yo decidí contársela. Detrás de este tema hay una historia de paternidad ausente que puede ponerte triste, le dije, ¿estás lista? Sí, me respondió. Bueno, este cuento va de un padre que abandona a su hijo o, mejor dicho, de un rockero que abandona a otro rockero. Tim tenía diecinueve años cuando se separó de su mujer embarazada para dedicarse por completo a la música. Su carrera fue corta porque murió de una sobredosis, pero compuso discos tremendos, tremendos, llenos de disonancias y de tritonos, de riesgos experimentales que lo hicieron un chamán electrizante como Jim Morrison. En uno de sus álbumes metió «Song to the Siren», que cuenta la pasión de un hombre por la voz de una sirena, una voz hermosa y abisal como la de las cantoras, ¿cachas?, una voz que enamora y que destruye. «Song to the Siren» va del preciso momento en el que optamos por explorar lo que sin duda nos llevará a nuestro fin, y esa canción fue un presagio, una canción de amor y un presagio, no solo de Tim para Tim, que murió ahogado en la música, sino de Tim para su hijo, Jeff Buckley, que se convirtió en un músico también y que murió joven también, capturado por la voz de una sirena antes de perderse en el fondo de un río marrón. Padre e hijo murieron sin apenas conocerse, ajá, y está claro que toda historia de amor es una historia de desamor, pero yo digo que sobre todo es una profecía de cómo ese amor va a acabarse. Imagínate: Jeff vio en la imagen de su papá muerto a un rey, a un extraño, a un hijueputa que lo abandonó y a un músico cuya voz y rostro se le parecían demasiado. No podía ni siquiera mirarse al espejo sin tener que ver la cara de Tim porque eran idénticos, sí, dos cuerdas temblando en la misma guitarra, y Jeff quiso ser un rockero como él pero mejor, o sea, vencerlo convirtiéndose en un artista más importante y darle un golpe post mortem, un puñetazo que lo alcanzara en la tumba y que le dijera: no me amaste, pero mira cómo ahora el universo entero me ama, papá, mira cómo ya no necesito tu amor. Por eso Jeff inició su carrera cantando algunos de los temas de su difunto padre y dejó al público entre extasiado y aterrado por la reencarnación de la voz de Tim en la suya, aunque lo que la gente oyó no fue ni la voz del padre ni la del hijo, sino la de los hombres de la familia Buckley que, sin buscarlo, cantaban bellamente generación tras generación. En fin, Elizabeth Fraser y Robin Guthrie grabaron un cover hermoso de «Song to the Siren», una versión que entendió que el canto es el que conjura las ganas de entregarte al agua y el deseo de desear la muerte, y Jeff escuchó a Elizabeth y se enamoró, obvio: respondió al llamado de una voz que estaba por encima de la oscuridad y dentro de ella, como las de las cantoras. Oyó a la sirena, dicen, y un año y medio más tarde se metió a nadar en el río Wolf cantando «Whole Lotta Love» de Led Zeppelin. Nadó tranquilo a las nueve de la noche en un río inmenso, inmenso, con una voz que era también la de su padre, sus mismos ojos, su misma barbilla partida, sus mismos labios… Jeff que era Tim entró en el río y en algún momento su cabeza se hundió para entregarse a la profecía de la canción. ¿Y cuál es esa profecía?, me preguntó Noa, y yo le respondí: la que dice que, lo queramos o no, nos parecemos a nuestros padres. Esto le conté a Noa antes del espectáculo de los Chamanes Eléctricos, antes de la yeguada infernal, y ella lloró y yo lloré pensando en lo hermoso que sería ahogarse en la música, sí, porque allí donde las palabras temen, el canto se eleva, y lo bello que mata tiene una voz que viene del futuro. El tema es que Noa me escuchó atentamente y me dijo algo que hasta ahora no se me olvida: ojalá mi padre me hubiera escrito una canción con la que aprender a amar la muerte, me dijo, y con eso la pendeja dio en el clavo porque, cuando nos abandonan, es la música la que nos consuela, es la música la que nos hace sentir que hay algo que vale la pena en el dolor: el goce del mañana, el placer potenciado por la ausencia y la carencia.

Tim no le dejó a su hijo una canción, sino su destino, le dije: un padre es un profeta que guarda un secreto que él mismo ignora y nosotros nos rebelamos ante su profecía, pero hay quienes no se rebelan nunca, nunca, hay quienes se abrazan a los presagios del padre y los cumplen. Tú quieres ir a buscar la profecía paterna y no deberías, le dije a Noa, hazme caso: te vas a matar.

PEDRO

La tierra está llena de luna. Para ver fragmentos de cielo no es necesario levantar la cabeza porque bajo nuestros pies hay toneladas de materia cósmica, de protoplanetas, de diamantes extraterrestres. Tenía la costumbre de recoger piedras y meteoritos en el páramo y tallarlos para enseñarles a que me hablaran del universo. Es difícil hacer hablar a una piedra, que cuente el tiempo que guarda y sus sonidos, pero a mí me ponía contento observar durante horas su superficie y sacar de ella una imagen. Esa imagen por lo general era una nota musical, de modo que yo escuchaba con atención su sonido y lo hacía brotar de la dureza. La esculpía con un cuchillo, me tomaba días y noches, y cuando estaba lista me encargaba de enterrarla. Era importante que mis piedras durmieran en el fondo de la tierra, que sonaran fuerte en la oscuridad. Cantan mejor en la sombra, decía yo cuando Carla me preguntaba por qué me deshacía de ellas. No las tallaba para mí, sino para entregarlas descubiertas de miedo. Me gustaba hacerlo, igual que la tecnocumbia espacial que tocábamos en el Ruido y que la gente bailaba con los ojos cerrados, como si soñaran. Cada piedra de páramo sabía entonar su nota a viva voz. Yo las escuchaba gritar por la noche y luego les daba la forma de la nota que cantaban (do era un ocelote, mi era un buitre, re era una guagsa), luego las enterraba. Según Carla eso era artístico, moldear y sepultar, oír voces saliendo de lo que no se mueve. Carla las llamaba «esculturas subterráneas» porque tenía vena de poeta. Para mí eran un pasatiempo, una manera más de admirar lo inmóvil.

En el páramo la tierra temblaba y entre los pajonales caían meteoritos y rayos. Yo me alejaba a recoger mis piedras en las faldas del tayta Chimborazo, y si por la noche veía un meteoro hacía cálculos para ir a buscar la roca en el desierto. Algo me atraía de las piedras, me agradaba tocarlas y escuchar sus voces gritándole a la luna. Se lo conté al yachak y él me dijo que «contemplar» venía de «templo» y que «templo» era el lugar donde los ojos atendían. Por eso, dijo él, para los que leen el vuelo de las aves el cielo es un templo.

A Carla le gustaba lo que podía verse a través de un telescopio. Nuestro dúo se llamaba Hanan Pacha y hacíamos tecnocumbia espacial con computadoras, sintetizadores y sonidos extraídos de la página oficial de la NASA como terremotos en Marte o auroras de Júpiter. También utilizábamos ritmos de sanjuanitos, yaravíes y pasillos, aunque en menor medida, hasta la Gran Erupción. Ese año, el de la erupción del tayta, Carla fue sola al Ruido. Dos vecinos nuestros habían sido acribillados por un enfrentamiento entre bandas por el territorio de venta de droga. Yo no quise ir al funeral y ella me dijo que se iba a buscar a los desaparecidos. Me quedé en la costa, donde el mar bravo. En las noticias vi que hubo más de mil personas muertas por la erupción, no solo del festival sino de las comunidades que vivían cerca del Chimborazo y que resistían contra la minería. Fueron pocos los cuerpos recuperados, pero en honor a las víctimas hicieron un cementerio alto y frío junto al de los montañistas, un jardín de lápidas a más de cuatro mil metros de altura. Subí hasta ese sitio para escuchar la voz en la lápida de Carla, pegué mi oreja sobre su nombre y solo oí el viento. El tayta se volvió negro y lo que quedaba de su nieve desapareció. Pese a los años los meteoritos caen y golpean el desierto volcánico, pero yo dejé de recoger piedras cuando ella murió. El cielo me llama todavía, el problema es que no sé responderle. No sé qué hacer con su inmensidad.

Es curioso lo que uno recuerda porque no lo elige. Carla solía hablarme de mundos que emitían zumbidos según su posición respecto al sol, de ritornelos galácticos y de agujeros negros. Devoraba revistas de ciencia y se aprendía de memoria artículos que aseguraban que todo estaba hecho de sonidos. Cada movimiento microscópico es una vibración de cuerda, decía, una canción que lleva sonando desde hace millones de años. Leía mucho, como si buscara alguna cosa. Se inventaba bailes para nuestra tecnocumbia espacial, que a veces también llamábamos «tecnocumbia extraterrestre», y me contaba de nebulosas con forma de cabeza de bruja o de cómo el oro era producto de la muerte de estrellas. Con datos así mezclábamos instrumentos electrónicos, sonificaciones del universo y ritmos secuenciados. Música tradicional y moderna, popular y astronómica. Música para moverse y sentirse menos solo en la gigantesca soledad sideral. Bailábamos y hacíamos que la gente cantara con nosotros «La venada plutoniana» o «Dulce meteorito indio». Éramos autodidactas, no sabíamos tocar instrumentos. Componíamos melodías de puro oído en computadoras viejas y cantábamos mal, pero lo hacíamos por atrevimiento cuando Carla escribía letras de amor, de astros o de armonías alojadas en cometas. No buscábamos más que entretenernos. Lo que sonaba bien se quedaba, lo que sonaba mal se iba.

Conocimos a Noa atendiendo a los sueños del yachak. Él reunía a la gente en un círculo para contar a viva voz sus desdoblamientos nocturnos. Decía que dormido se convertía en un oso y les hablaba a las fieras. También tocaba el tambor y cantaba con la boca cerrada.

El rayo anuncia el nacimiento del chamán, nos dijo: hay yachaks que lloran y sueñan en el vientre materno, yachaks que salen de sus madres por las noches y trepan las montañas donde la luna tiembla.

La gente lo escuchaba y le pedía curas para el espanto, las pesadillas y los terrores nocturnos. A veces interpretaba sueños ajenos, por eso Carla y yo íbamos a verle, porque de tanto andar juntos soñábamos lo mismo: un sueño de piedra y de estrellas, ruinas reverdecidas y un sitio donde se amarra el sol. Se lo contamos y él nos golpeó ligero en la cabeza para que el aire en nuestros pulmones creciera con el vuelo de mil pájaros. El sonido de las alas fue ensordecedor, pero a mi lado no había aves sino gente.

Noa acostumbraba a sentarse con Nicole en el centro del círculo. La primera vez que la vi lloró escuchando al yachak hablar de las sombras de los que duermen con el corazón volcado. El dolor expulsa la sombra del cuerpo, dijo el chamán, nos separa de lo que somos. Nos hace maldormir. Ella tenía ojeras y las extremidades golpeadas por los pogos. Compartió con el círculo que en sus sueños escuchaba estruendos como truenos, sismos o erupciones.

Upalla uyay, le dijo el chamán, te está naciendo una nueva voz.

Había gente que sufría de parálisis y de visiones, otros de pesadillas que se repetían y que no lograban descifrar. A todos se les había muerto alguien en los últimos años por culpa de la guerra entre las distintas facciones de los Choneros. En las ciudades las balaceras y los sicariatos eran el pan de cada día y los cuerpos aparecían colgados, decapitados o desmembrados. A veces se hablaba de eso en el círculo del yachak, pero no siempre. Él nos aseguraba que podíamos abrir los ojos en el centro de nuestros miedos, que soñar era sobrevivir a la muerte del dormido.

El soñador, nos dijo, salta como un pez afuera de la noche.

Imaginábamos estar en una cabeza gigante que se miraba a sí misma. La idea nos asustaba, pero para calmarnos pensábamos en el sonido que lo inició todo, en la explosión de la que quedan aún señas en el espacio.

La voz de Dios hizo la luz, decía Carla, Krishna toca la flauta mágica, Shiva el tambor de reloj de arena, Wiracocha habla y surgen los astros.

Juntos mezclamos las ondas gravitacionales del Big Bang en un tecnoyaraví titulado «Llanto fósil» y nos dio vértigo, como si hubiéramos encontrado las manos rojas de un paleoindio en la parte más sombría de una caverna. Lo pusimos en el Ruido y la gente bailó y levantó la cabeza alto, en dirección a las rocas del cielo.

Todo era oscuro en el cosmos
el espacio lleno de electrones
que no dejaban pasar la luz
hasta que los electrones se unieron con los protones
y el espacio se volvió transparente
y corrió la luz
y el universo se inició
como en el oratorio de Haydn.

La letra era un fragmento de un poema de Ernesto Cardenal. Leo los poemas favoritos de Carla con su voz en mi cabeza, como si limpiara su tumba. Es una forma de acercarme a ella, la única que tengo aparte del sueño.

Una vez le pregunté al yachak si una voz podía matar de miedo a alguien, y él me respondió que sí. Esa noche yo soñé que caminaba bajo la luna y que mi pensamiento crecía con ella. Andando lejos vi una cueva blanca que en realidad era mi propio cráneo y entré. Había pinturas casi invisibles en la oscuridad. Pronto entendí que mi cabeza estaba en el interior de una montaña y que el tiempo era esa oscuridad dura que no me permitía ver. Una voz al fondo de ese tiempo me dijo: hay piedras que impiden ladrar a los perros, piedras que protegen de visiones monstruosas, piedras cuya blancura cambia con la luna. Hay sueños de piedra y cabezas de cueva. Hay constelaciones rupestres. Ese sueño sigue vivo y se me escapa, ni siquiera el yachak pudo decirme otra cosa que lo que yo ya sabía: que lo salvaje necesita lo salvaje y que lo profundo necesita lo profundo.

Dormidos, los muertos nos tocan, dijo una mañana mirando a Noa como si estuviera enferma.

Se le sentó enfrente, puso el cráneo de oso a un lado y le señaló el pecho. Los dos respiraron juntos hasta que ella empezó a temblar: los ojos se le blanquearon y el cuerpo se le puso tenso. Creí que fingía, pero el yachak se echó para atrás cuando las venas brotaron azules en su cara y en su cuello.

Ignoro lo que escuché salir de la boca de Noa, pero no fue una voz humana. Soltó una mezcla entre bramido y relincho cantado, un sonido que parecía de un mundo anterior a los ojos. Nos asustamos, pero Carla le preguntó si estaba bien y la tomó de la mano. Noa sudaba a mares, Nicole se veía sin color. Les ofrecimos agua y las acompañamos afuera del círculo.

Soñando no alcanzo a ver nada, nos contó después, solo oigo lo negro que es parecido a la muerte.

Entonces le conté de mi sueño, no el que tenía con Carla sino el mío propio, y le dije que tal vez ella no veía imágenes porque estaba en la cueva de su cabeza escuchando al tiempo.

Las cuevas suenan más fuerte allá donde no llega la luz, le dije.

Acabamos charlando con ellas y con sus amigos cerca de la tienda que compartían. Mario, Adriana, Julián y Pam bailaron nuestro «Llanto fósil» y Fabio cantó la famosa frase de Humboldt: «Los ecuatorianos duermen tranquilos en medio de crujientes volcanes y se alegran con música triste». Yo me alegraba con los yaravíes y dormía hondo hasta el amanecer. Ni los terremotos me despertaban, ni el ronquido de los cráteres. Fue un día animado: Carla acarició la espalda de Noa y los demás saltaron alrededor de los tambores. Estuvimos juntos en el festival desde ese momento, aunque yo continué enterrando mis piedras solo, buscando sus notas en medio del silencio.

Recuerdo una noche en la que Noa, Pam y Adriana regresaron heridas de un pogo. Nicole las miró mal cuando volvieron, Fabio tocó el tambor y Julián se puso a discutir con Adriana como era su costumbre. El resto nos quedamos charlando y bebiendo en el estómago de la tienda. Por esos días Noa aún hablaba y nos contó algo que le ocurrió de niña con su padre. Dijo que iban los dos paseando por el bosque de Tixán cuando se encontraron a una yegua muerta con un balazo en el cuello. Era blanca y grande, dijo. Haló la mano de su padre para que se marcharan, pero él se quedó viendo a la yegua sin moverse. Ella tuvo miedo, no por el cadáver, sino porque su padre no le respondía y tenía el rostro diferente. Había otro señor en su cara, dijo. Lo vio ponerse de rodillas y dejarse caer sobre la yegua para llorarle. Al cabo de lo que se le hizo una eternidad, la abrazó con los brazos estirados por el esfuerzo de querer rodearla, y a Noa le pareció ver al animal moviéndose bajo el peso de su padre. Había otro señor en su cara, nos repitió, y otro cuerpo en su cuerpo. Un hombre que ignoraba sus llamados, que sufría.

Eso pasó, dijo al final. Un mes después se fue de casa y no lo volví a ver.

¿Sabes dónde vive?, le preguntó Mario.

Sí.

¿Sabe él que vas a ir a verlo?

Sí.

Pam le dijo a Noa que el dolor de los padres era el que nos tocaría llevar a nosotros: la pena de los padres se contagia, le dijo, tú estuviste cerca del tuyo y ahora estás enferma.

Un día encontré un fragmento de meteorito que tenía la forma de la isla Júpiter. Horas más tarde me lo metí en la boca y fue como proteger una montaña bajo el paladar. La montaña era fría, sabía a hierba y a sol. Cantó en mi saliva algo sobre la constelación de la llama y las patas del zorro colorado. Cuando se la canté a Carla ella me besó en la nariz y me dijo que me quería. La montaña nos hace humildes, incluso la que puedes meterte en la boca. El amor nos hace humildes. Caminé lo que pude durante el festival: atravesé el bosque de polylepis hasta las dunas de ceniza volcánica, descansé a los pies del quishuar sagrado, el árbol solitario del tayta que crece en medio del páramo. Subí hasta el Oído del Chimborazo, una cueva elevada con forma de oreja donde se oye el paso del viento. Toqué la piedra y la sentí palpitar en mis manos como un reloj. La oscuridad de una cueva se asemeja a la del espacio, por eso en las cavernas están los primeros mapas que hicimos de las constelaciones. Cuando subí al Oído recordé esto y que contemplar viene de templo, que un sueño de piedra es un sueño de estrella y que toda cueva es diferente como lo son los soñares de oso y de guagsa. Que hay piedras redondas y grandes como planetas. Que la música está en el punto ciego, en el origen de lo vibratorio.

Ese canto que oyes en las rocas está en ti, me decía Carla antes de acostarnos, solo que ellas te lo sacan de adentro. Una piedra no se pregunta por su condición de piedra aunque ame a otra piedra, en cambio yo me pregunté por mi condición de enamorado de Carla frente al volcán. La llevé al Oído del Chimborazo y ella lloró de alegría allí conmigo. Cuántas veces no habremos llorado en las cuevas donde nos protegimos de la noche y de las bestias. Son cientos de llantos en los templos del tiempo, cientos de años de asombro y de temor. Mi deseo es que el Oído conserve el llanto feliz de Carla porque no hay nada más frágil que un llanto feliz. Las piedras que guardan agua, semillas e insectos en su interior me dan esa esperanza.

Nuestros sueños se volvieron frecuentes después de unirnos al grupo de Noa. A todos les pasó lo mismo. Ni bien salía el sol tomábamos té de San Pedro, bailábamos y le cantábamos a los astros como si pudieran oírnos. Soñábamos a causa de la música, el viento, las drogas, la presencia del volcán y de los animales, pero lo de Noa era diferente. Ella soñaba lejos: era sombra y piedra. Se agitaba con la luna y las horas le pesaban.

Una noche empezó a caminar hacia atrás dormida, primero en círculos, luego en zigzags afuera de la tienda. Desperté a Carla y observamos su andar equino creado por el sueño. Tuvimos miedo de sus pasos, del viento que levantaba las rocas y empujaba las montañas. Entonces Nicole la sacó del trance y se la llevó con ella.

Cualquiera puede enfermarse de sueños mágicos, de sueños de la gran cabeza universal o de las sombras de los muertos. Las galaxias y las neuronas brillan en lo oscuro, pero es peligroso dormir atormentado en la tiniebla.

Todo empezó con los sueños, más tarde llegó la yeguada.

CANTORAS

El cóndor enamorado

Gran padre hacedor del universo, madre tierra, madre agua, viento madre, vertiente madre, estrella madre, sol padre, planeta madre, nuestra montaña padre, nuestra montaña madre, laguna madre nuestra, páramo padre. Al ritmo de los astros padre y los astros madre yo canto. Canto alto y espanto el olvido. Canto alto y se hincha la cordillera. Oigan mi voz: un hilito de aire besando la nieve. Soy el cóndor madre y el cóndor padre. La voz cóndor, el canto cóndor. Cuento y canto historias de amor y de volcanes. Los volcanes cuentan historias de amor, ay, ellos tienen voces ardientes. Una warmi linda paseaba por abajo y volando yo la vi: pelo de zorro tenía, ojos de estrella tenía. Me enamoré de una warmi, ay, eso en lo alto no se puede. Soy el cóndor negro, el kuntur de las cumbres y los roquedales. Cazo la muerte, trago conejos. Antes yo era uno sin voz, ahora ardo y nace de mí una música. Ardo, ardo, por dentro en el corazón alto, ardo. Cantar es entrar en la noche triste del pecho. Los pulmones le rezan al sol, le piden luz fresca que moje la hierba, luz tibia que dore los pajonales, luz brillante que limpie los huesos, luz, luz roja sobre los lomos de los venados. Oigan, runas del valle verde, mi canto: llevo conmigo la muerte. Vuelo solo en las montañas altas sin mi warmi. Negro soy, sirena soy. Vuelo solo sobre lo blanco alto cantando: así se hace más dulce el llorar. De una warmi linda yo me enamoré: brazos de alas tenía, boca de lluvia tenía. Un cóndor no puede amar a una mujer, eso arriba no se puede. Me nació una voz, yo amé y me nació una música. Los animales se ahogan en mi canto, llevo conmigo la muerte, ay, llevo conmigo la muerte. Negro soy, sirena soy. Mi voz es tripa y vértebra, las criaturas huyen. Suben colinas verdes, bajan quebradas donde el viejo supay baila. Lejos de mí se van, lejos de mí a beber del hielo. Los volcanes lloran, lloran y yo canto una música bella que abre la tierra, una música bella que ahoga el monte. El canto es un animal aéreo, ay, el canto es un animal de viento. Negro soy, sirena soy, y mi canto dice: soy lo bello de lo solo, soy lo bello de lo herido. Cantando se hace más dulce el llorar. Antes yo no tenía voz y era del cielo y de la montaña, del viento y de la nieve. Cuando yo no tenía voz el cielo tenía, la montaña tenía. Pero del amor me nació una voz terrible, una voz quebrada donde el viejo supay baila. La música del fondo del valle muerde el viento por mi warmi. Cóndor enamorado soy, kuntur salvaje y negro de la noche. Las vicuñas se ahogan en mi canto, los lobos con mi voz se despeñan. Cantar es un encantamiento, pero antes yo el cielo tenía, la niebla tenía. Ahora canto y la montaña no me mira, no me mira el cielo ni el volcán. Yo quería que mi warmi me amara y me nació una voz rota, una voz de muerte. Cantar es encantar, ay, cantar es encantar. Los animales arden por el trueno, el trueno es la voz de la tormenta. Antes yo era uno con los quishuares, uno con el páramo dorado y con la alta piedra, pero me nació una voz. Ay, una voz es soledad, una voz es una herida. Los volcanes cuentan historias de amor, sus voces son ardientes. Dolido de amor yo estaba, enamorado estaba. Bajé hasta los pies morenos de mi warmi y la rapté. Cargué su cuerpo lindo entre mis garras. Gritó, gritó, ay, lloró, lloró, pero yo acallé su miedo con mi canto. Negro soy, cóndor malo enamorado. El amor es una música violenta, gritan los volcanes, es una música que quema la quebrada donde caen los animales. Mi warmi lloró y yo me la llevé. Lloró y yo metí mi pico en su sexo. Es feroz el amor de un cóndor. Bebí las lágrimas de mi warmi, comí de ella.

Una voz nueva y celeste me nació por culpa del dolor. ¿Qué es la voz? La pérdida es. ¿Qué es la voz? La falta es. ¿Qué es la voz? El abandono es. ¿Qué es la voz? La tristeza es. Ahora llevo a los animales a la quebrada y los ahogo con la pena de mi warmi. Cóndor negro soy, kuntur frío que lleva el trueno.

NICOLE

La noche de la yeguada llovía y los animales estaban intranquilos. Los oímos desde lejos asustarse por los rayos que alumbraban el volcán, pero la oscuridad afuera del asentamiento era impenetrable. Como siempre, la gente quiso seguir la fiesta bajo el aguacero, en medio del viento que nos empujaba, así que un grupo de rock teatral se subió al escenario. El cantante iba vestido del Kulta Tukushka y agitó su cabeza de venado con tanta fuerza que pareció él mismo un animal con miedo por la tormenta. Pese al ruido de los rayos, los relinchos se hacían oír. Yo intenté retener a Noa, pero ella no quiso quedarse y se marchó con Pam y Adriana a poguear en la lluvia. El páramo estaba escandaloso y daba la impresión de que el nevado caminaba hacia nosotras para pisarnos. Mario me acompañó y juntos observamos la fiesta desde el interior de la tienda.

No le va a pasar nada, me dijo para tranquilizarme, y a mí me molestó que fuera capaz de leer mi angustia.

Me preocupaba que Noa volviera a hacerse daño en un pogo, que se ensimismara y se perdiera otra vez en la noche. Llevaba días comportandose de un modo extraño, como si no estuviera presente en ningún momento excepto cuando dormía y sus pesadillas la obligaban a abrazarme. En el pasado nunca había tenido episodios de sonambulismo, pero desde que alcanzamos la montaña ella se levantaba con los ojos blancos y caminaba de espaldas hacia el exterior, renqueando y escarbando la tierra con los pies desnudos. La primera vez que la vi andar así quise pegarle. Me asustó que entrara en la negrura igual que un muerto o una criatura bailando dormida, que su cuerpo se moviera diferente, como si fuera una persona que yo jamás había conocido.

Asistimos a los encuentros que organizaba el yachak porque Noa quería respuestas a sus pesadillas. Estaba pálida y ojerosa, además de golpeada por los pogos en los que disfrutaba meterse. Yo entendí enseguida que tenía soroche, un wayra malo, y se lo dije: es el mal de altura, pero ella confiaba en las palabras del yachak y en su cráneo de oso para curarse. Él le decía que soñar era merodear de valle en valle, de bosque en bosque, de cumbre en cumbre, y que los sueños se conectaban con el futuro y con lo anterior al nacimiento de la especie. Su discurso embaucaba a Noa y a muchos que se sentaban a escucharlo, pero a mí no. Yo me preguntaba qué hacía un verdadero yachak en un festival de música experimental y la respuesta que se me venía a la cabeza no me gustaba. Sus palabras eran bellas y temibles, como las del Poeta cuando se subía a la tarima, y hacían que la gente viera sus propias emociones y dolencias de manera irracional. Para él las pesadillas nunca eran solo pesadillas, sino visiones, puertas peligrosas y a la vez atractivas que conectaban con un conocimiento vedado. Conversaba con Noa de cosas difíciles, susurrando, mientras le agarraba la cabeza y le pasaba un cuy por el pecho.

Tú que la conoces bien, me preguntó Carla en el círculo del yachak, ¿crees que está así por lo de su padre?

Noa esperó hasta el segundo día del festival para contarme lo que pensaba hacer. Cuando el Ruido acabara avanzaríamos hasta Llucud, al bosque montano de Leonán, y visitaríamos a su padre. Me confesó que se había puesto en contacto con él hace meses y que le dijo que necesitaba verlo, que después de tantos años le debía al menos un encuentro, una posibilidad de hablar cara a cara sobre quién sabe qué asuntos. Él tardó en contestarle, pero al final le dio indicaciones de cómo llegar a su finca, no muy lejos de donde estábamos nosotras.

No sé por qué quieres verlo si el mejor regalo que te hizo fue abandonarte, le dije yo.

Me costaba entender que deseara estrechar lazos con quien no quería saber de ella. El amor no se reclama, el desamor no se cuestiona, le dije yo. Tu papá te dejó y esa es la verdad. Pero a pesar del abandono Noa quería conocerlo, relacionarse con él igual que todos nos relacionamos con las cosas de este mundo a las que les somos indiferentes. Es natural sentir curiosidad por lo que estuvo antes de nuestro nacimiento, por aquello que no nos puede responder y a lo que, sin embargo, le hacemos preguntas hasta el día en que morimos. También lo es querer sentirnos nacidos del deseo entre dos, paridos por lo breve. Noa caminaba dormida al revés, bailaba chocándose con otros y decía lo que tenía sentido solo para ella porque buscaba lo imposible: un cuerpo que alojó un deseo ya extinto. Es normal querer saber más sobre lo que nos hizo estar aquí, lo anómalo es creer que eso tiene algo que decirnos sobre nuestros problemas.

Una mañana, mientras paseábamos con Mario, ella comentó como para sí misma: este páramo tiene voces antiguas, y al acostarnos me susurró tan bajo que tuve que pegar mi oído a su boca: ¿cómo sabes que lo que escuchas a lo lejos existe? A partir de entonces ella habló poco y nuestros paseos se alargaron, aunque a veces soltaba pensamientos que iban dirigidos al volcán, palabras que yo no reconocía como nada que ella hubiese dicho antes.

Tengo un soñar viejo que suena en mi cabeza, decía.

Siempre habíamos sido comunicativas, pero esos días yo sentí a Noa distante. Me dolió saber que no estábamos tan unidas como pensaba, que nunca nadie está tan unido a otra persona como para ver en su intimidad. Recuerdo que me volví arisca esperando algún tipo de reacción, cualquier tipo de acercamiento que nos hermanara de nuevo. Con mis desplantes yo le decía: déjame entrar, dime qué te pasa, dime qué te duele, compartamos nuestras soledades, mírame bien, tu tristeza es mi tristeza y tu miedo es mi miedo, somos amigas, empujaste a mi madre para que dejara de pegarme y yo te abracé cada madrugada de sueños malos, hemos venido aquí juntas y juntas deberíamos irnos. Pero ella solo hablaba con el yachak y con su cráneo de oso, el resto del tiempo se mantenía abstraída o murmurando ideas extrañas sobre sueños y sonidos pasados.

Oigo truenos que ya ocurrieron, dijo el día del caos de la yeguada. Oigo a la tierra en llamas.

Por las noches, cuando Noa caminaba al revés en dirección al volcán, los demás la observaban entre perturbados e interesados. Ese andar durmiente que se elevaba y se encogía, que parecía una posesión o un trance fantasmagórico, los llenaba de respeto por la tierra que ocupaban. Después de todo, según ellos era la tierra la que traía el wayra enfermo, la que levantaba el cuerpo de Noa y lo retorcía hasta sacar de él una coreografía oculta. Tener pesadillas en el Ruido era común: el cansancio, la altura, la música y las drogas nos hacían sentir el páramo como un dios hablando en las huellas de los ciervos, un dios que era animal y montaña y que tenía un lenguaje de cantos y de silbos, de erupciones y de derrumbes. Un dios que se metía en tu cabeza para hacerte ver lo que estaba detrás de la niebla.

En mis sueños estoy ciega, decía Noa. Ciega como antes de nacer.

Nadie del festival escuchaba sonidos dentro de sus cuerpos, nadie oía en las noches de sus mentes lo que Noa decía oír. Sin embargo, la gente cerraba los ojos frente a la música y las tormentas, sacudía el pelo hasta el delirio, agitaba las manos, los pies. el tórax y la pelvis impulsados por una emoción única. Ni el frío, ni el viento, ni la niebla, ni los repentinos días de sol los detenían. Allí la escucha era un acto religioso, un ejercicio que exponía el cuerpo a una revelación fingida.

Hay canciones que pueden hacer que mates a alguien, me dijo Pam la primera vez que nos acostamos con ella. Hay ritmos que salen de visiones que otros tuvieron hace tiempo.

Durante años Noa y yo nos mantuvimos cerca de las canciones y abrimos los oídos a los rugidos del cielo y de la tierra, al escándalo de las catástrofes, pero en el festival eso cambió. Noa siguió enamorada de las melodías y de los cantos, del baile y de los truenos, y yo odié cada ritmo que me invitó a unirme a una fiesta en la que no quería estar. Solo los sonidos del páramo me parecieron puros, aunque ellos también me atemorizaron. El silbido del aire peinando los pajonales era inhóspito, pero la música del Ruido conversaba con el wayra y con la tuta, hacía que los sentimientos se anclaran y los agrandaba hasta el dolor. Por eso la noche de la yeguada me escondí en la tienda y le dije a Mario: este sitio es malo para Noa. Y él me respondió: eso tú no lo puedes saber.

A veces Mario comparaba el baile con el vértigo ante una caída inminente. Un bailarín, decía, prolonga el momento de caer en su propio deseo. Pam utilizaba otras palabras para hablar de la música, aunque en el fondo acababa diciendo lo mismo: que lo sonoro nos impulsaba a arrojarnos a un lugar peligroso y latente, que el ritmo abría la tierra y hacía salir demonios. Yo prefería ignorar su charlatanería, pero era capaz de sentir su fiebre y sus ganas de arrancarle a la cordillera un secreto.

No puedes ser indiferente a la música, me dijo Pam. O la amas o la odias.

Entonces decidí odiarla: odié la música que hacía que Noa bailara golpeándose con otros cuerpos. Odié las canciones que la sumían en el silencio y las que le volteaban los ojos hacia el interior de ella misma, alejándola de mí. Odié los sonidos bellos y los desagradables, los que según los demás llamaban a espíritus y a dioses disfrazados de fieras. El oído es una puerta a lo que no es de este mundo, decía el yachak elevando su cráneo de oso mientras la gente se lanzaba al suelo, y también lo odié a él. Odié la obediencia a la que me sometían algunas canciones, hui de ese desorden que embrujaba a las personas. No quería ser obediente: no quería ser cazada y convertirme en presa de lo invisible. Al fondo de la niebla caía la noche y al fondo de la noche caíamos nosotros, débiles, cantando y bailando alrededor de lo que no podíamos ver: una fogata oscura como el origen, un ardor negro de donde nacía el volcán. Las voces, los rondadores, las quijadas de burro, los violines eran esa tiniebla creadora que me hizo cerrar los ojos y retroceder.

Odié lo que la música podía decirme.

Tuve miedo de mi interior.

Durante la tormenta que trajo la yeguada me mantuve vigilante. La gente bailaba con los truenos y los gañidos de las bestias cuando un rayo horizontal iluminó el páramo con su blancura. El trueno tardó en dejarse oír, pero todos se detuvieron en espera del ruido. Fue el silencio más largo que nos dejó la tuta. Luego llegó el estruendo y fue como si el cielo penetrara en mi cabeza con su amenazante inmensidad. Vi el espanto en las caras de quienes me rodeaban, escuché gritos desesperados de personas y de animales. La fuerza del estallido me devolvió a mi esqueleto y lo sentí temblar igual que una criatura invadida por sonidos desconocidos. Fue en ese instante en el que los oímos relinchar: no uno, ni dos, ni tres, sino decenas de caballos aproximándose.

Cascos rompiendo la tierra mojada. Galopes.

No tuvimos tiempo ni de pensar.

¡Yeguada, yeguada, yeguada!, gritaron las cantoras y hasta sus gritos parecieron cantos.

Recuerdo que salí de la tienda con Mario y que un enorme animal cruzó frente a nosotros a una velocidad increíble. Sus músculos eran sombríos y sus saltos lo hicieron parecer un monstruo impulsado por el agua y el viento. Tras él llegaron otros más, no sé cuántos, golpeando gente y chillando despavoridos, cruzando el asentamiento del festival.

Recuerdo lomos y patas largas, crines flotantes, ojos aterrorizados por la noche eléctrica.

La embestida fue caótica: varias personas acabaron heridas, aunque ninguna de gravedad. Era la segunda vez en poco tiempo que el baile se volvía peligroso, la segunda que yo me mantenía a una distancia prudente del arrebatamiento que hacía que las personas se comportaran de un modo extraño y salvaje. La yeguada nos atravesó y, cuando los caballos volvieron a hundirse en la niebla, yo miré mis manos deformadas a causa del miedo. Habíamos sido atacados por lo escondido en la montaña: dientes y colas que se tragaban los relámpagos. Esa madrugada Noa me susurró al oído: los rayos traen una voz nueva. Y yo recordé el sabor de las cenizas del Sangay y las palabras del yachak sobre el nacimiento de los chamanes: uno es yachak por herencia, por enfermedad o por tragedia, nos dijo. Una vez un rayo mató a una mujer y otro rayo la revivió. Ella fue yachak y enloqueció, pero yachak fue.

Al salir el sol seis chagras aparecieron preguntando por la yeguada. Dijeron que los caballos pertenecían a la hacienda La Victoria, cercana al asentamiento, aunque en nuestras caminatas ni Noa, ni Mario ni yo la habíamos visto. Estaban especialmente preocupados por una yegua llamada Fantasma, a la que unos meses atrás le había caído un rayo.

Es blanquita como una sábana y está ciega de un ojito, nos dijo uno.

Después aclararon que el rayo no le había caído a ella, sino a dos potrancas con las que compartía corral. Sus compañeras murieron en el acto, pero Fantasma sobrevivió.

Estaba solita al lado de las yeguas muertas, nos contó otro. No se dejaba ni tocar y el ojito izquierdo se le achicó, se le puso blanco, blanco, y con ese ojo ella ya no ve.

Dicen que cuando un animal recibe un rayo se le cae el pelaje. Imaginé a Fantasma en pánico junto a dos cadáveres sin pelo, incapaz de entender lo que es una tormenta, pero sí de sentir la lluvia helada y los alaridos de la atmósfera. El terror es escuchar y no comprender, sentir el peligro sin saber qué es el peligro. Su historia me conmovió y me hizo pensar en lo sensible que estaba Noa al entorno. Fue ella quien le pidió a Mario que la llevara a la hacienda para conocer a Fantasma, tal vez porque creía tener algo en común con la yegua o porque necesitaba ver un sentido tanto en el paisaje como en sus seres vivos.

Dos noches antes, Noa nos había contado un suceso que ni siquiera yo conocía. Contó que de pequeña vio a su padre abrazar a una yegua muerta durante horas. Estaban en un bosque y ella tuvo que esperarlo sentada en una piedra.

Es horrible ver a tu padre llorar cuando piensas que tu amor es suficiente para hacerlo feliz, nos dijo, pero mucho peor es verlo llorar encima de un animal muerto que empieza a oler.

Me molestó que lo hubiese contado frente a los demás como si con ellos tuviera la misma relación que conmigo. Yo creía que nos habíamos dicho todo la una sobre la otra, que sabíamos lo importante, pero Noa no me habló del recuerdo de su padre postrado, fuera de sí mismo, hasta esa noche. Contó que, cuando empezó a ponerse el sol, el bosque se volvió amarillo, después rojo y después azul, y que ella se puso a gritar porque él no le contestaba y hacía mucho frío. Dijo que sintió miedo, que la noche llegó con una tormenta y que ni aun así su padre reaccionó. Ella lo empujó, lo pateó, lo golpeó, cosa que jamás había hecho y, a pesar de estar a su lado, él la dejó sola con los rayos y con el agua.

Oigo truenos que suenan a mis pesadillas, le contó al yachak y él cerró los ojos antes de decirle: ñawpa pachapi.

Adelante está el ayer, detrás está el mañana, decía el yachak. Soñando avanzamos hacia el origen y retrocedemos hacia el futuro.

Me costaba descifrar las conversaciones de Noa con el chamán, sin embargo intuía una emoción en ella que se encarnaba en el territorio. El páramo era un corazón desnudo donde los animales pastaban y se comían los unos a los otros, pero no cualquier corazón, sino el de Noa. Yo temía pisarlo y hacerle daño con mi peso, así que caminaba suavemente por sus elevaciones y por sus valles intentando descubrir la manera de romper el hechizo.

Darles sentido a los sentimientos conlleva un riesgo: guárdate de los caballos, de las danzas y de las canciones, decía un electro jahuay de Carla y Pedro que me recordó a Fantasma y al rayo que la golpeó. Según el yachak los rayos regalaban dones a quienes los sobrevivían. Tal vez Noa miraba el volcán y soñaba con relámpagos en los pulmones, con una visión futura que en realidad era el recuerdo de su padre escondido en el bosque de Tixán.

Loca, tienes que comer algo, le dije yo un día con el sol temblando sobre los hombros.

Ñawpa pachapi, me respondió. ¿Crees que mi padre se alegrará de verme?

¿Tú quieres que se alegre?

No.

Entender es presagiar. El problema es que yo no comprendía las palabras de Noa, ni las del yachak, ni las de las cantoras, ni las del Poeta, ni las de la gente del Ruido. A veces porque buscaban apropiarse de experiencias que no eran suyas, otras porque hablaban de sentimientos que prefería ignorar. Para ellos el futuro estaba en el cielo y en sus luces, pero también en la música que desordenaba el interior de Noa y que extraía un dolor tan viejo como sus sueños: el del primer abandono, el que sin importar el tiempo sigue ocurriendo una y otra vez. Yo no me había dado cuenta de cuánto le afectaba lo de su padre, ahora sé que lo que más nos hiere son las ideas que tenemos de las personas. Lo que duele es lo intangible: lo que imaginamos que amamos y odiamos en nuestras horas de mayor indefensión. Solo el sentido calma esa clase de dolor, pero el sentido es una mentira que nos contamos mientras los terremotos y las erupciones destruyen nuestras casas.

Antes de partir, Noa le dijo a su madre que no aguantaba la debilidad de su amor. Eso es lo que trae el abandono: el miedo a que el amor no sea fuerte sino débil.

Vimos una cría de llama sangrando entre los pajonales del Chimborazo. No pudimos salvarla, pero se lo contamos a Pam y ella tocó una canción en honor al animal pequeño.

La música hace presente al ausente, nos dijo, levanta a los muertos, llama a quien no está.

Esa tarde lloré escuchando uno de los cantos de las cantoras, un canto sobre un cóndor al que le nacía una voz después de herir a quien más amaba. La vida nos pide aceptar lo siniestro: la conversión de una chuquiragua en esqueleto o de una piedra en colibrí. Algunos cambios son insoportables, pero la música los aligera. El Poeta hablaba de esto en su poema de ballenas que cantan en los Andes. Recitaba junto a guitarristas, percusionistas y quenistas, medio cantando, medio rezando, y a su lado los instrumentos sonaban a voces salidas del hielo. Recuerdo las visiones colectivas, el estado de delirio producido por la repetición del poema, y mis ganas de regresar a la costa pese a las cenizas, las inundaciones y los asesinatos a pie de calle. El día en que Noa y yo nos fuimos de Guayaquil aparecieron dos desmembrados y un ahorcado en nuestro barrio, pero yo quise volver porque al menos allí la tierra me hablaba de cosas familiares, por más terribles que estas fueran. Supongo que en el fondo, igual que Noa, me sentía abandonada en las alturas, desprotegida en lo más profundo de mi ser.

Una noche Adriana trajo al Poeta a nuestra tienda. Tenía veinticinco años, era puruwá y había sido estudiante de antropología en Quito. Su voz era suave, muy diferente a la andrógina que utilizaba para recitar sobre el escenario. Jamás pensé que pudiera ser tímido, pero lo era hasta que comenzaba a beber, entonces sus pupilas se dilataban y otra persona ocupaba su lugar: un tipo elocuente y fogoso en sus argumentos, capaz de animar las conversaciones y de hacer sentir a cualquiera interesante. A todos les caía bien, menos a mí, que sabía lo rápido que esa clase de personalidad pasaba de la diversión a la violencia. Lo veía en sus gestos y en sus sonrisas de medio lado. Hace falta ser hija de un alcohólico para reconocer lo malvado asomándose por la boca de quien bebe sin detenerse.

Cuando el puruwá canta, llora, le explicó el Poeta a Pam en medio de una conversación sobre el jahuay, el canto de la cosecha. Es un llanto sonámbulo y liberador, dijo: aquí se llora y se canta por la historia y por la vida, que no es otra cosa que el amor luchando contra la muerte.

Hablaba español y kichwa del centro, aunque con nosotros a veces decidía combinar ambas lenguas. Como antropólogo le interesaba la etnomusicología, así que Carla y Pedro le pusieron la versión electrónica de un jahuay antiguo, una mezcla que, además de cantos, incluía tenebrosos sonidos del sol. Al Poeta le gustó mucho y empezó a divagar sobre música, poesía y chamanismo. Dijo que así como un chamán era llamado por la naturaleza y adquiría sus poderes tras superar una crisis psicológica, un cantor respondía a un llamado natural, interno y oscuro.

Ese llamado es rítmico, nos dijo, es el ritmo de la pacha, la música del espacio-tiempo que exige una mutación.

Para él, los cantores eran espeleólogos que sacaban a la luz la forma escondida y epifánica del mundo. No sé si Noa había empezado a creer en estas cosas, lo que sí sé es que estaba instalada en el mito y que veía significados que yo apenas alcanzaba a entender.

Mis panas y yo subiremos El Altar cuando se acabe el Ruido, ¿vienen?, nos preguntó el Poeta. Aquella noche yo fumé mucho porque Noa no me hablaba y se negaba a comer, pero recuerdo la propuesta: viajar desde el Chimborazo hasta El Altar y su cráter lleno de agua para celebrar el Inti Raymi. Su plan era dirigirnos al oriente, directo hacia la ruta de senderismo, caminar nueve horas y hacer el baile del Diabluma en la Laguna Amarilla. Al grupo le encantó la idea y yo tuve un mal viaje. Sentí mis piernas volverse paja. Vi los objetos duplicarse, los sucesos repetirse dos, tres, cuatro veces. Temí la reanudación de los hechos como si la vida fuera el estribillo de una canción demasiado larga y, mientras intentaba salir de mi propio laberinto temporal, fui testigo de cómo Noa tocaba la cabeza de la gente como si les pasara un poder. Pam fue la primera en caer al suelo fingiendo ser atravesada por un rayo. Fabio hizo lo mismo.

Llora la tórtola, lloran los curiquingues, dijo el Poeta cayendo también: vienen a pelear encima de la casa, a decir que la muerte anda cerca.

Empecé a temblar porque lo vi suceder varias veces: vi a Noa acariciar cabezas y a esas cabezas fingir que se electrocutaban por el poder de su mano. Escuché a Mario repetir lo que ya había dicho, a Adriana hacer los mismos movimientos.

¡Cuando huele a esperma quemada es la muerte que anda cerca!, gritó el Poeta en bucle.

Tuve la certeza de que podía morir en cualquier momento, de que quizás ya estaba muriéndome y de que esa muerte me ocurriría más de una vez.

Estoy ciega, dijo Noa mientras me agarraba la cabeza con las dos manos: estoy ciega de rayo.

Y su ojo izquierdo se transformó en luna.

MARIO

Las quebradas son lugares de miedo donde el supay vive. Los espíritus hacen fiesta por la noche en las quebradas. Cantan, bailan, tocan instrumentos de viento. Instrumentos de wayra. El aire enfermo sale de la música y golpea las piedras, se sabe. Entra en los cuerpos y les crea mal de espanto. Así llaman los yachaks al miedo profundo que ahuyenta a la sombra. Tenía la Noa ese susto metido en los huesos, el asustador ritmo de la sangre que busca la sangre. Acá el espanto es una enfermedad como el soroche. Uno se pregunta dónde fue que se le cayó la sombra para irla a recoger, nomás que eso no lo puede hacer cualquiera: solo los yachaks saben cómo. Ellos devuelven las cosas a su sitio, es así.

Según el yachak el malestar de la Noa era muy hondo. Había que ser sabio y fuerte de la mente para curarlo. Sugestionada está, pensamos. Inspirada está. Inspirada por el ruido, la música y las historias, pues. Por el volcán y por el frío del páramo. Por la niebla color leche de llama. Por los altos cóndores. Le prestamos poquitita atención porque llevábamos el baile del Diabluma en la cabeza. Nos dio igual que se levantara torcida: dormidita y caminando al revés iba ella, rascando el suelo con las pezuñas en dirección al tayta. La cabeza echada sobre la espalda, la boca abierta para que le entrara la niebla, así iba la Noa. Empezó a hacerlo una noche y después todas, sin falta.

Bello nos pareció su baile. Bello y miedoso.

A veces llamaba a su papá en sueños: yo la escuché una noche y me dio harta pena. Es triste llamar a lo que no responde. Triste y demente. Ni el yachak pudo curar ese agujero grande que creaba su mal de espanto. Nada ni nadie puede curar un dolor tan real.

Las cantoras dijeron: si uno canta es porque lo necesita. Sin necesidad, una canción puede ser divertida pero no poderosa. Para cantar poderosamente hay que dejarse doler.

Opinaban lo mismo que el yachak: que a la Noa le estaba naciendo una voz.

Es muy fatigoso, dijeron, es como parir lo muerto y devolverlo a la vida.

Contaban que cada voz era única. Igualita que la huella dactilar. Igualita que el iris. Le cantaban a la Noa dizque para curarla. Eran de Otavalo las cantoras, solo que sabían de cualquier canto humano y no humano. Hablaban de sonidos glotales. De armónicos, trémolos y subtonos. De anents. De ícaros. Tomaban siestas de voz. Cantaban en agujeros negros que cavaban en la tierra. Decían que del instinto brotaba el timbre. Hacían sonidos raros como kusui, kusui, sss, sss, tserere, tserere.

Inhalaban. Exhalaban: tserere, tserere.

La Noa pasaba las tardes oyéndolas y enseguidita se enmudecía. Se levantaba por las madrugadas y se contorsionaba. Se pegaba con sus propias trenzas azules y gemía.

El movimiento secreto de la cabeza es hermoso, dicen. Feo también, duro de soportar. La Adriana imitaba el baile sonámbulo de la Noa. Con su zamarro y su látigo bailaba de espaldas al tayta retorciendo el cuello y las vértebras. Si se ponía la máscara de los doce cuernos, yo le decía: el Diabluma tiene una cara por delante y una por detrás, como la conciencia. Solo un diablo puede espantar a otro diablo, por eso el Diabluma va con su fuete ahuyentando a los demonios. Su baile te transforma el alma en purito tiempo de monte. Algo primigenio y maldito florece en ti.

Cabeza de diablo soy, le dije a la Adriana. Cabeza de diablo llenita de montaña.

Una noche el Julián y yo vimos a la Noa arquearse hacia el Chimborazo. La vimos revolverse en el saco de dormir y resoplar. Luego se calmó y bajito nos quedamos nosotros dos charlando. Era arisco el viento a esa hora, empujaba duro la tela de la tienda. Hacía frío. Hablamos del éxtasis del bailarín. Mi intención no era poner triste al Julián, pero le dije: el rapto es salir de uno mismo para unirse con los otros, y él me contó que no tenía idea de cómo conectarse con el mundo. Perdido se sentía. Ya ni el baile le daba satisfacción, nomás que uno no baila para satisfacerse, le dije: uno baila para hacer algo con su mal. Siempre andaba cabreado el Julián, menos cuando lloraba. Y casi nunca lloraba, solo que después de pasar días en el páramo la piel se te queda finita. Expuesto te quedas, abandonado ante lo colosal. La música y el baile sacan la parte más blanda de tus emociones, la masticada por los demonios. Yo lo animé para que subiera el tayta y dejara a un lado su pena, pero no jaló más allá del Templo Machay. Andaba angustiado por su hermana que cruzó solita el Darién, esa trocha de selva infernal donde a los migrantes los matan. Un año había pasado sin que se supiera nada de la hermana del Julián. Creo yo que por eso él hacía de padre y se le cargaba a la Adriana.

Se debe llorar mucho para alcanzar el sol, cantaban las cantoras: los volcanes son los lagrimales de la tierra.

Cantaban que el Chimborazo llevaba años llorando, que se estaba quedando sin nieve. La luz quema hasta el hielo y a mí no se me olvida. Cuando uno baila debe cuidarse de la luz que llama al llanto.

Otra noche dijimos de festejar el Inti Raymi en el Kapak Urku. Sí, le respondimos al Poeta: El Altar es la waka, es el Apu donde prender el fuego de la fiesta del solsticio. Un volcán muy alto es El Altar, aunque más chiquito que el Chimborazo. Su caldera está repletita de agua del deshielo. Alcanzar esa laguna es bien complejo, eres tú solito con la naturaleza nomás, por eso la Adriana y el Julián quisieron bailar allí arriba. Yo también quise, pero eso pasó después. Primero estuvimos en el festival pasando el rato en los conciertos y en las tiendas con los amigos de la Noa.

Bebimos y bailamos. Tocamos y cantamos. Cualquier música nos hacía llorar, solo que eran lágrimas para aguantar el miedo a los terremotos y a las tormentas.

Con la Pamela hablamos de baile y de música, pero con la Noa y con la Nicole yo me iba a caminar lejos. Andábamos los tres callados por los pajonales escuchando el viento golpeador. Me ponía la máscara del Diabluma para danzarle al tayta y ellas se sentaban a mirarme. Saltaba contra el viento. Golpeaba el wayra con mi látigo para que corriera fuerte. A la Nicole no le interesaba mi baile de diablo solar, yo veía que le intimidaba. Dicen que sentir mucho es riesgoso, solo que estar a salvo no es vivir. Estar a salvo es estar muerto.

A la Noa yo le dije: no hay que avergonzarse del miedo que te saca de un empujón la sombra. Miedo da enfrentarse al propio diablo, ser quien uno no quiere ser ante los demás, saber por qué nos abandonan. El rechazo da terror, pero nos obliga a ser humildes.

La Noa oía quedito los cantos de las cantoras y caminaba dormida de un modo miedoso. Patas de potrillo tenía: patas temblorosas en la noche andina. Enfermarse de susto era indeseable, solo que temor es lo único que uno siente estando tan cerca del sol. Temor y frío, es así. Cerca del sol están la niebla y las madrugadas más oscuras. Están la montaña y el hielo. Yo oí a los grandes montes crujir, a los volcanes silbar. Uno gana miedo oyendo la belleza. Oyendo la muerte, pues.

Contaba el yachak que una emoción podía hacerle a uno perder su sombra. Eso mismito le pasó a la Noa por el susto de tener que ir a ver a su padre, nomás que no le hicimos caso hasta la noche de los caballos.

Llovió harto esa noche. Es conocido que el aire entró en nosotros como una tempestad. Cayeron rayos y uno fue más asustador que el resto. Caballos corrieron por el asentamiento aterrorizados por la tormenta: caballos machos, caballos hembras. Quién sabe de dónde venían. Quién sabe si querían dañarnos o si nomás sentían pavor. Estaba la gente bailando en el concierto, digo, cuando nos atacaron sin querer. Fue así: la gente bailaba y luego ya no. Un pogo animal fue ese, un pogo bestial. La estampida empujó a algunos al suelo y otros corrieron esquivando a los caballos. Las tiendas volaron, pero nada más pasó. Yo no vi sangre, solo purita agua y desespero. La yeguada nos atravesó y nos quedamos temblando y dando queja. Volvimos a armar nuestras tiendas de campaña. Nos protegimos del aguacero sin fin. Era una amenaza la oscuridad, pero la fiesta se acabó por el pánico que nos contagiaron los animales. No dormimos ni hablamos: oímos galopes fantasmas, vimos caballos en los relámpagos. Temimos ser pisados si cerrábamos los ojos. El agua entró a la tienda y nos dimos calor quedándonos juntos, tan juntos que el frío se hizo chiquitito.

Escuché a la Nicole decirle a la Noa: lo que buscas en tu padre no existe. Y yo pensé: un padre es como el tayta o el mismo Inti. Es lo que no se puede alcanzar, entonces para qué.

Por la mañana unos chagras vinieron y nos contaron que los caballos eran suyos. Se les habían escapado de la hacienda aterrados por la tormenta. Tienen la oreja sensible, dijeron, saltan con cualquier cosa. Les preocupaba en especial una yegua de ojo ciego a la que un rayo le cayó cerquita, una yegüita tuerta.

Dos días después la Noa me pidió que la acompañara a buscar la hacienda de aquellos chagras. Quiero saber si encontraron a la yegua que sobrevivió al rayo, me dijo, y yo fui con ella por aburrimiento. Ni siquiera sabía dónde estaba la hacienda, aunque alguna intuición tenía por mis largos paseos. El animal no me importaba, yo llevaba la mente en el sol y en la danza. En la tierra y en el Diabluma. En la belleza que es triste porque carga amargura y gemido. Mi cabeza endiablada meditaba esto, pero la Noa compartía con la yegua su enfermedad.

Las dos oyeron el trueno. A las dos el cielo les sacó la sombra.

Fuimos a ver a la yegüita. Que por curiosidad, me dije. Que por morbo. Encontramos la hacienda a una hora del asentamiento. Un hombre albino trabajaba en los corrales, un chimbito nacido del volcán. Las cantoras contaban que los albinos nacían de mujeres preñadas por el nevado. Decían que si una mujer dormía u orinaba en sus faldas, el tayta les hacía unos hijos blanquísimos. Nosotros nos acercamos al chimbito y le preguntamos si nos dejaba conocer a la yegua eléctrica. Le dijimos: somos del festival, y él nos echó una mirada llenita de desconfianza. Que qué hacíamos trayendo el ruido al páramo, nos reclamó. Que por qué molestábamos a los animales y los hacíamos chillar. Enojado estaba, pero con el dedo nos señaló la yegua en el último corral de la hacienda. Le dimos las gracias y caminamos rápido.

Nomás no la vayan a tocar porque muerde, nos advirtió.

A la huida de un animal se le llama «la espantada». A mí me da que el susto hondo de la Noa era igualito a eso: me da que la sombra es una bestia que huye del cuerpo ante el temor. Si me preguntan, tanto la yegua como la Noa necesitaban una cura de espanto. Yo las vi mirarse frente a frente largo tiempo. Blanquísimo era el animal, blanquísimo su ojo ciego quemado por el rayo. Pálido y venoso observaba a la Noa y ella a él. Me sorprendió eso porque era imposible. Tuve miedo de la inmovilidad de la yegua, de la negrura espesa de su ojo bueno. Callado estuve, pero diciéndome que era rara la manera en la que la Noa miraba a la mancarrona. La miraba como si estuviera tuerta ella misma, con el párpado izquierdo caído y la pupila loca. Espantadas estaban las dos, pues, cieguitas de un ojo las dos.

¿Estás bien?, le pregunté, aunque ella ni me respondió.

Tenía la cara de la yegua en la suya, mejor no lo sé contar. Larga me pareció su nariz, grandes sus dientes. Un ojo se le puso blanco, el izquierdo. El otro se le opacó. Las fosas nasales se le abrieron mucho. Yo vi a la yegua parecerse a la Noa y la Noa a la yegua hasta que el animal resopló y otra vez fueron distintas. Pálidas estaban, tuertas también. El horizonte era purita nube. Entonces escuché un relincho humano, nomás que no supe cuál de las dos lo soltó.

Un sonido contranatura da razones escondidas, eso se sabe. Caminando de vuelta al festival la Noa me agarró de la mano, solo que yo se la quité. No teníamos confianza y se sintió incómodo. Inhumano se sintió, como la pata de aquella yegua condenada. Los dos íbamos abrazados a nuestros propios diablos y el mío pensaba en lo que había visto y oído. En si era un invento o una realidad. En la voz estrangulada de la Noa. En lo oscuro de antes y después del relámpago.

Anduvimos en silencio hasta que ella me preguntó si me creía capaz de amar con fuerza. De la nada me soltó esa pregunta extraña y yo me obligué a contestarle que sí. Ni tiempo de pensar tuve, pero fue lo fácil de responder para una cabeza de diablo quemada por el sol.

Le dije: yo comprendo ese amor malvado que impulsa todas las cosas buenas. Y ella me sonrió chueco.

No me dijo más, solo que de pronto me vi meditando en el universo enterito que se toca y se fusiona. La danza solar ama fuerte, pensé: pinta las plantas, pinta los zorros. Nomás que los zorros se comen a las plantas y la tierra se come a los zorros. Nomás que el sol incendia la tierra y la tierra se traga a los hombres. No hay amor fuerte sin su lado torcido, es así. Uno quiere lo eterno y lo que tenemos es el baile: un momentito contaminado de lo bueno y lo malicioso, un segundito de arrejuntarse a los que se mueven como uno.

Le dije: uno ama fuerte lo que va a morirse, es algo que se sabe. Uno baila para que su amor no sea débil frente a la muerte.

Al llegar al Ruido me bebí tres puntas y me entregué al tayta. De rodillas caí y borracho le rogué que me arrancara la soledad. El resto bailaba música levantamuertos, pero en la montaña yo andaba solo, sin poder amar fuerte. Me dio miedo eso: jamás amar con la fuerza de la ira en mí. Entonces una mano me sostuvo la cara y vi al yachak mirándome de cerquita en medio de la fiesta. Sentí mi lengua volverse hielo seco. Así fue hasta que él me puso la máscara del Diabluma y la lengua me ardió.

Fuego inmenso tuve en la boca. Dos caras tuve: una de viento, otra de monte. Nada en la naturaleza es humilde, nada es gentil. Con la máscara yo vi al largo diablo de la montaña atravesarme el pecho.

Diabluma soy, pensé, salto alegre en las quebradas elevadas. Tengo colores y doce cuernos. Soplo duro y me hago niño. No miento: mi cuerpo de hombre joven tuvo de pronto los ojos de la infancia. El mundo entero me dio asombro. Me asombré de las voces, de las estrellas. Me maravillé y más que ninguna otra cosa deseé bailar en medio de las balas, pero cerca mío no vi a mis amigos. La Adriana no estaba, el Julián no estaba. Me pesó la lengua como un trozo gigante de nevado. Traté de decírselo al yachak y él apretó mi cabeza y me pidió que no huyera.

Dijo: agárrate bien, espíritu guía, y ordena el universo.

En ese instante se me vino a la memoria lo de los desaparecidos del festival. Más de cincuenta, decían, que habitaban en cuevas, bosques de montaña y valles perdidos de la mano de Dios. La razón no la conocía nadie, solo que entre nosotros estaban porque al Ruido volvían siempre, o eso contaban. Contaban que callados iban eligiendo gente nueva nomás para convencerla y llevársela al fondo de la cordillera a cantar. Que huían de la muerte aunque hacia ella iban. Que cantaban y bailaban para expulsar el miedo. Pensé en ellos mientras me sentía un niño endiablado y me dije: los desaparecidos son la verdadera espantada. Una espantada de humanos, pues, que huyen de tanta tragedia buscando la música. Gente que arranca visiones de sus sueños igualito que los paleoindios.

Un paisaje es llama de día y puma de noche. Si la tierra tronó esa madrugada, juro que yo ni lo sentí.

PAMELA

Como en aquellos días yo no hacía otra cosa que pensar en mi corazoncito primitivo, en mi hije flotante recibiendo las vibraciones del mundo, y como Noa no dejaba de pedirme que le contara historias de música, sirenas y profecías, le hablé de todas aquellas cantantes cuyas voces sonaron igual que pulsos y manadas, y que llevaron el canto en la osamenta y en los sueños y en el corazón: la divina y primitiva forma de la música. Le conté de Nina Simone, la chamana que limpiaba el mal con su canto, la suma sacerdotisa del jazz que tragaba muertos y estrellas y que dio su último concierto en 1999. Dicen que lo que se vivió esa noche fue único, le conté, un suceso místico, casi una encarnación. ¿De qué?, me preguntó Noa. Pues del poder absoluto, le respondí yo, y cuentan que el público fue testigo de esa metamorfosis, o sea, la de Nina abandonando su dolor, su deterioro mental, para convertirse en una diosa a través de una voz sobrehumana como las de las cantoras que soltaban criaturas de aire por la boca, imitaban a las aves y el rugido de las bestias y llevaban el cuerpo al umbral del sonido. A Noa le encantaba que yo le hablara de músicos que se transformaban a la hora de ponerse a cantar porque ella misma se estaba preparando para eso, y yo le hablaba de Nina, claro, y de Chavela Vargas, a quien llamaban la Chamana y el Volcán, y de cómo se desgarraba cantando cruda y visceralmente, vestida de hombre, haciendo del sufrimiento una casa para todos los que sufrimos, y de Nick Cave, que se convertía en un sumo sacerdote extendiéndole la mano a su público desde el escenario para conducirlo hacia el lado poético de la música. También le conté de Johnny Cash, que un día grabó con Nick Cave una versión a dos voces de «I'm So Lonesome I Could Cry», y de cómo Nick lo vio entrar al estudio destruido y envejecido, irreconocible, nada que ver con el Johnny de los conciertos, pero ni bien se puso a cantar el espíritu de la música lo poseyó y lo convirtió en un hombre vivo y brillante, con una voz que conmocionó a Nick y que lo hizo llorar como un bebé. Noa quería escuchar estas historias porque estaba obsesionada con lo que una voz era capaz de hacerle a un cuerpo, por eso le interesaban tanto las narraciones de las cantoras sobre las cabezas de las Umas, que cantaban al separarse de sus cuellos, o sobre la cabeza de Orfeo, que cantó al ser arrojada en el río, o sobre los instrumentos musicales, que también cantaban, decían ellas, especialmente los salidos de partes de cuerpos humanos como la quena. La quena fue inventada por el dios del viento, cantaron: Wayra se enamoró de una virgen del sol pero ella murió, ¡ay!, y Wayra robó su fémur para sacar de él una voz: sopló, sopló y sopló, y sacó del hueso una voz. Los instrumentos no suenan: cantan, y el origen del canto es el de los cuerpos rotos que desean volver a unirse. Lamek colgó el cuerpo de su hijo de un árbol y con el tiempo solo quedó el tórax y una pierna, y ese fue el primer laúd. Una mujer mató a toda su familia para que el diablo le diera un instrumento con el que enamorar a alguien, y ese fue el primer violín. Un griot sacrificó a su hermana al lago y el lago le entregó la kora. Los instrumentos cantan con las voces de los muertos, decían las cantoras, todos los desmembrados sueltan sus cantos en nuestras voces. En el festival un grupo cantó un trap de Jojairo y algunos se ofendieron porque la canción exaltaba el narcotráfico y las armas, que era de lo que veníamos huyendo, y hablaba de asesinatos y del señor de los cielos y de los rifles y de los Tiguerones, y eso sí que nadie lo soportó.

Más traperos compusieron corridos bélicos después de que mataran a Jojairo y fueron asesinados también, el tema es que la gente del Ruido estaba súper asustada, súper jodida, y no quería oír música que hiciera una épica de la vida de los narcos, sino una que sublimara la violencia que estábamos viviendo y refundara el mundo, o sea, el canto de los muertos, no el de los asesinos. Noa seguía ese canto con las pesadillas que la hacían caminar sonámbula igual que una médium, pero no siempre fue así, no: cuando la conocí ella se alimentaba y dormía, fue después que empezó a comportarse de forma extraña y a pasar tiempo con las cantoras. Nicole se preocupó al verla callada, sin comer ni beber, y yo creí que se trataba de una táctica para llamar nuestra atención, pero en realidad estaba permitiendo que la música le dijera algo importante sobre sí misma, se estaba dejando cambiar en lo que la música quería que ella fuera. Recuerdo que después de la yeguada la encontré bajo la lluvia, quieta en medio del caos del asentamiento, mirando a las cantoras cantar a gritos pese a los rayos y pese a la oscuridad, pese a la gente que ayudaba a otros a recomponer las tiendas y a calmar a los heridos, y mi gran tamaño y yo fuimos hacia ella y la arrancamos del encantamiento de las voces enardecidas de las cantoras, y claro que Noa se quejó de que yo la alejara de su fascinación: claro que lo que amas puede y va a matarte. El tema es que enseguida me abrazó y me preguntó si yo sabía cuál era la diferencia entre el canto de un vivo y el canto de un muerto, y yo le dije que no, porque quién podría realmente saber algo así, y quizás fue por lo cerca que estuvimos de la muerte esa noche o por la pregunta que me hizo, pero me arrepentí de mi respuesta y le conté que yo tenía un ñaño muerto. Lo mataron mientras caminaba con su novio, le conté, un sicario le echó cinco balas y el novio de mi ñaño se puso a gritar como loco, pero nadie lo ayudó, nadie: quién lo iba a ayudar si todos estaban cagados de miedo, aunque no tan cagados como para dejar de grabar con sus celulares, para eso no estaban cagados los hijueputas. Dijeron cosas horribles de mi ñaño: que andaba en negocios turbios, que era cosa de maricas desviadas, un crimen pasional, que por no pagar sus deudas lo habían matado, y luego de destrozar su imagen dijeron que se trataba de un sicariato de iniciación, que los niños sicarios mataban a la gente al azar para demostrarles a las bandas criminales que estaban listòs y que mi ñaño había tenido mala suerte. No tienen ni idea, le dije a Noa, en este país nadie mueve un dedo contra el narco porque si lo hacen, los matan. Es triste ir al funeral de un amigo tuyo: sientes rabia y quieres que se haga justicia, pero sabes que no se hará, entonces dejas de buscar justicia y empiezas a creer en la ley del talión. La mente se te destroza por dentro, ¿cachas?, se te pudre. Le conté que antes de lo de la yeguada un DJ puso «Cumbia chonera» de Don Medardo y sus players, la favorita de mi ñaño, y que como por arte de magia yo vi su cuerpecito fantasma bailando enérgicamente, moviendo sus deditos en el aire, sonriendo mucho, porque mi ñaño era súper risueño, y diciéndome: ven, Pamelita, ven, y que yo lloré, pero que la música hizo que mi lloro fuera más dulce, así que no hay gran diferencia entre el canto de un vivo y el canto de un muerto, le acabé contestando, son la misma cosa y se nutren mutuamente. Cuando tocas un tambor oyes el pasado y el futuro, jamás el presente, jamás, y en el Ruido la gente le hubiera arrancado el corazón a un músico para guardarlo en un frasco: le habría arrancado la cabeza a Tuwamari, dios de la música, o cometido cualquier atrocidad con tal de que se le devolviera el futuro, sí, porque el canto es la unión entre lo presente y lo ausente, el ritual de la seducción insistiendo en que la vida continúe. Por eso yo quise cantarle a mi hije aunque no lo amara, tenaz. Yo quería sacarme ese corazón, pero a la vez necesitaba sentirlo durante el poco tiempo que fuéramos a compartir juntos en esta tierra y eso era el amor: lo brevísimo, un canto triste guardando lo perdido y lo que perderemos. Nicole me pidió que le dejara de contar estos asuntos a Noa porque, según ella, mis palabras, las del yachak, las del Poeta y las de las cantoras le ponían la cabeza al revés y la enfermaban, y en ese momento yo le aconsejé: vive tú, disfruta tú, deja de pensar por tu amiga que ya es grande y piensa sola, y ella se ofendió y me dijo que claro que vivía, que claro que disfrutaba, pero que Noa no estaba bien y era cierto, solo que todos nos sentíamos más o menos raros en el páramo, a todos nos enfebrecía la música y no había forma de protegerse. Fabio y yo ensayamos y ensayamos la técnica correcta del trance hasta que nos sangraron los dedos, pero valió la pena porque el viaje a través del golpe en el tambor es excitante y crea visiones. Scriabin escribió sobre la vibración en los estados alterados de conciencia y se inventó el acorde del trance, le conté a Noa, al que llamó «acorde místico», y como estaba obsesionado con el éxtasis compuso una obra cataclísmica, una sinfonía del fin del mundo a la que llamó «Mysterium» y que no alcanzó a terminar porque murió por culpa de una infección en el labio, y qué absurdo morir de esa manera y no de la que había previsto: interpretando su sinfonía apocalíptica a la sombra de los Himalayas, haciendo que la música acabara con el universo. No moriré, dicen que dijo, me ahogaré en el éxtasis del «Mysterium». Fabio quiso hacer lo mismo y tocó su caja ronca día y noche para que en sus manos el instrumento sonara liviano. Él creía que si practicaba la técnica oculta de la percusión podría llamar a los espíritus sin cabeza, entrar en el mundo de abajo imitando el sonido del trueno, invocar a la voz del terremoto, o sea, a Yma Sumac, traerla de vuelta con sus cinco octavas de rango vocal y su triple coloratura, y a veces yo sentía que sí, que eso podría hacerse, sobre todo cuando en los parlantes del festival la voz de Yma tronaba en los graves y trinaba en los agudos, cuando gruñía, silbaba y susurraba igual que las cantoras danzando alrededor del fuego. Ellas trajeron la voz del terremoto a nuestros oídos la noche de la yeguada, cantando durante horas bajo los relámpagos, haciendo que sus voces se mezclaran con el alboroto del cielo, ¿cachas? Fabio y yo las escuchamos sin poder dormir y yo le confesé que estaba embarazada y que no era suyo, que no se preocupara porque me lo iba a sacar, y él se puso pálido, el pobre, y casi de inmediato me dijo que estaba dispuesto a ser el padre de mi hije si yo así lo quería, y uf, qué estúpido ofrecimiento, qué estúpido. No pude evitar reírme y él se resintió conmigo, obvio, pero su amor me agotaba, me deserotizaba y me forzaba a decirle: no me ames, por dios, ama la música. La música es la rebelión de la vida interior, es el bosque y la quebrada. Ama lo invisible, le decía yo, ama lo oscuro. Y le conté de la primera canción que oí de Lhasa de Sela, «I'm Going In», un tema que cuenta la historia de la gota de luz que fuimos en el útero, un punto radiante en la densa oscuridad donde solo hay silencio y ni siquiera existe el tiempo. Allí nos hicimos carne y crecimos y empezamos a tener sensaciones y a escuchar sonidos, le dije, entonces el espacio se redujo a nuestro alrededor y, ¡pum!, nacimos, y nuestro nacimiento fue violento y caótico: sentimos que nos estábamos muriendo. El líquido amniótico se escurrió y el aire penetró en nuestros pulmones porque el primer huracán es adentro, bien adentro, solo que cuando el aire entra no es la muerte lo que nos pasa: es el alumbramiento, es la vida empezando, la vida que es este terror, este viento girando en círculos alrededor de nuestros huesos. Nacer se siente como morir, dice la canción de Lhasa, y luego aprendemos a escuchar, a palpar y a saborear. Crecemos y en algún momento nos encogemos y morimos, pero puede que esa muerte sea otro nacimiento, igual que cuando salimos del cuerpo doliente de nuestras madres y creímos que era el fin, y no, qué va, si la aventura recién estaba comenzando. «I'm Going In» dice que mi hije no morirá cuando me lo saque, le dije a Fabio, no, simplemente nacerá de un modo inimaginable para mí, en otra vida o forma de la materia. Y yo quería creer en esa predicción: yo quería creer que el corazón primitivo de la música era capaz de vencer a la muerte, por eso subí un tramo del Chimborazo con Julián y él trotó y yo corrí, corrí rápido como una giganta y Julián me persiguió asustado, pero yo seguí corriendo a ver si me venía de una buena vez el aborto gozoso, el aborto espontáneo que resolvería mi problema, y empecé a ahogarme y mis latidos se confundieron con los de mi hije y caí sobre la tierra rocosa. Caí desesperanzada,

¿cachas?, y tuve una alucinación o un sueño lúcido, no estoy segura, solo sé que vi momias congeladas saliendo del volcán, momias de niñas y de niños alcanzados por rayos o muertos de hipotermia en rituales remotos, y recé, juro que recé para que a mi hije le cayera un rayo, para que un brazo de luz me violara y me lo arrancara del vientre. La mayor parte del tiempo ni sabemos lo que suena en nosotros, pero ahí se queda sonando y es un ruido de la conciencia que ninguna otra persona escucha. Hay que escuchar ese ritmo y cabalgar los tambores que suenan como caballos de otro mundo, le dije a Noa. Yo los cabalgué en la última fiesta del Ruido, cuando la música tecnochamánica hizo enloquecer el páramo y la gente bailó para olvidarse del frío, de la fiebre y del hambre, porque ya no había comida y estábamos cansados o enfermos o sucios o irritables, no como cuando recién llegamos a las faldas del Chimborazo y creímos que podríamos comernos hasta el volcán. Qué estupidez más grande, comerse el volcán, pero así es la excitación: hace que te sientas invencible. Los Chamanes Eléctricos tocaron y Adriana se lanzó al pogo y salió hecha mierda, mucho peor de lo que salimos Noa y yo, y a mí nadie me quita de la cabeza que la pasión de esa man no era el baile sino el aniquilamiento por el aniquilamiento, las ganas de llevarse al límite de lo aguantable porque sí, porque qué es la vida sin el riesgo de perderla o de cometer un crimen en su contra, qué. El tema es que un DJ puso un remix de «Sanjuanito Parrandero» de Polibio Mayorga y Adriana aprovechó para preguntarme por los desaparecidos: ¿sabes alguna cosa de esa gente?, me preguntó, y yo le conté lo que había escuchado: que se quedaban cerca de las montañas, en comunas anarcoprimitivistas con culto a la música experimental, que investigaban el trance, que sacrificaban llamas y cuyes, que armaban orgías, que las mujeres se embarazaban de esperma de volcán, que cantaban canciones curativas y que los perseguía el rayo, el frío y la tormenta. Están entre nosotros bailando y disfrutando de lo lindo mientras reclutan nuevos miembros para sus comunas, le dije, y claro que Adriana quiso desaparecer, obvio, y hasta Fabio creyó que desapareciendo podría convertirse en un resurrector o en un nigromante sónico de verdad, de esos que hacen que su instrumento suene a las voces de los muertos. Y cuando Adriana me preguntó si yo desaparecería le respondí que no o que sí, que tal vez, pero que solo por un tiempo, y cuando se lo preguntaron a Carla y a Pedro ellos ni se tomaron la molestia de contestar, sino que bailaron los temas de un dúo de salsa gótica cuyo solista gritó desde la tarima: ¡somos alegres llorando! Yo los vi bailar alrededor de Noa sin que se dieran cuenta, sorprendida de que un amor tan joven pudiera existir en medio de lo que ha estado allí casi siempre: el páramo, el volcán y la cordillera… Un amor joven parecido a una canción prohibida hace miles de años, una fuerza biológica. Ellos eran nuevos en lo antediluviano y ni siquiera se daban cuenta de lo que tenían: algo súper delicado, una canción de amor, o sea, el nacimiento del universo, y a mí me pareció hermoso, hermoso, aunque igual les dije: no amen lo mortal, amen la música, porque ojalá viniéramos al mundo abrazados a alguien y nos fuéramos así, pero venimos solos y nos vamos solos como Jojairo y Scriabin, como Nina, Chavela y Lhasa, como Yma y Nick, como Polibio y mi ñaño. Cada quien busca su propia forma de aliviarse de la soledad y la música nos ofrece un consuelo que es el amor joven frente al tiempo y el tiempo enterrado en la cordillera. Hay que cabalgar los tambores que suenan como caballos de otro mundo, sí. Incluso los lastimados por los pogos y por la yeguada resistieron a la intemperie y bailaron para evadirse durante la madrugada eléctrica, como dirían los Chamanes, y los relámpagos fueron las luces de un rave colosal estallando cada pocos segundos. Nada se compara con el espectáculo de la naturaleza, nada, y si miras mucho arriba entiendes que solo esa violencia puede engendrar la vida que tanto amamos, le dije a Noa, y eso es la música: ¡alegrémonos llorando!, grité en medio del rave celeste, ¡los volcanes son los lagrimales de la tierra! Esa noche fuimos chamanes eléctricos pese a no estar listos todavía, o al menos no como Noa que quería ver la cara del sol sin enceguecer, ¿cachas?, quería ver a su padre y yo le expliqué que no es posible mirar directamente el rostro de Dios, no. Fue el padre de Lhasa de Sela quien le contó la historia de «I'm Going In» y ella murió de cáncer a los treinta y siete años, ese fue el presagio paterno: nacer y morir, morir y nacer. El Inti es nuestro padre, el Chimborazo es un tayta y la distancia entre dos volcanes es el abandono, le dije a Noa en la última noche del Ruido, no busques la cara de tu padre, no lo hagas, te vas a quemar de tanto horror. Y la nena se quedó callada, como siempre, y la música fue el consuelo y el peligro.

PEDRO

Las cantoras cantaron que había un caballo vivo transformado en piedra en los cerros de Tixán. Estaba encantado y soplaba viento enfermo a las personas, de modo que se recomendaba a los caminantes pasar rápido a su lado, sin detenerse. Nadie quería ser tocado por el malaire, nadie iba a Tixán, pero las montañas son grandes campanas que nos llaman. Durante la estampida yo vi al caballo de piedra con mis propios ojos y era una yegua ciega y blanca como la buena muerte. Les escondí la verdad a los chagras que vinieron a buscarla, no me hubieran creído: el animal se convertía en piedra con cada relámpago y regresaba a la carne en la oscuridad. Pensé que me había vuelto loco, grité a todo pulmón: ¡llegó desde Tixán!, aunque tal vez el grito solo sonó en mi mente. Vi la cabeza de Noa salir de la crin de la yegua y sus piernas brotar junto a las patas del animal. La criatura corrió al revés esquivando el escenario. Sentí terror. Nadie estaba conmigo, en el suelo había personas quejándose. Antes de que pudiera buscar a Carla, ella me encontró a mí y me dio un abrazo que todavía siento.

Tenemos que quedarnos juntos o vamos a morir, me dijo.

Tenía razón, yo no lo sabía, pero la única forma de sobrevivir era estando juntos. Es lo que en verdad significa estar unido a alguien: que tu vida ya no dependa de ti.

Las revistas de ciencia hablan de la muerte como de un cambio en la materia. Durante algún tiempo este hecho me dio alivio. Las estrellas se transforman igual que las plantas y la única persona a la que he amado sigue existiendo, al menos la energía que la hizo brevemente una persona. Cosas mayúsculas suceden en el universo, cientos de objetos celestes desaparecen cada año. Las estrellas desaparecen, los planetas, y nadie los echa de menos. Carla y yo evitábamos hablar de la muerte porque era un tema difícil. Callamos cuando mataron a nuestros familiares, también cuando colgaron a adultos y a niños en los postes de luz. Los terremotos nos traían muertes violentas, pero no crueles como las que nos imponían los hombres. Soñábamos con el deshielo del Chimborazo, con los desastres naturales que se avecinaban, y nos animábamos con canciones para olvidarnos de morir.

Una vez Carla avistó a un cóndor y horas más tarde yo lo soñé planeando sobre el nevado. Según las cantoras ver a un cóndor era un buen augurio. Los cóndores viejos repliegan sus alas y se dejan caer sobre los roquedales para volver a nacer en sus nidos. El tiempo pule las rocas de esas quebradas, de los volcanes y de las cuevas, les da una voz que canta y que no dice nada. Es inútil hablar con una piedra porque el sonido que echa está libre de significado, es apenas una melodía que puede mostrarte lo que sientes. Ellas conservan la memoria de esta tierra, por eso los sueños se alojan en donde se escribieron las primeras canciones.

Carla me leyó la del Epitafio de Seikilos:

Mientras vivas, brilla, no sufras por nada en absoluto.
La vida dura poco, y el tiempo exige su tributo.

La estela de mármol lleva la dedicatoria de un hombre a su esposa:

Soy una imagen de piedra. Sícilo me puso aquí,
donde soy por siempre, señal de eterno recuerdo.

Escribimos una canción en un meteorito y la enterramos en el Oído del volcán. Días después escuché al tayta cantarla a lo lejos como si estuviera enamorado. El yachak nos aseguró que no había separación entre hombre y planta, mujer y animal, que en la vigilia y en el sueño las piedras nos llamaban como el zorro que aúlla en la noche.

Los astros también aúllan, decía el chamán, el oído es una cueva que algún día perecerá en el universo.

No me molesta la certeza de una muerte cósmica, sino saber que no quedará nadie que ame a Carla cuando yo me vaya, nadie que la recuerde ni que escuche sus canciones. El olvido me molesta, la disolución de la conciencia y de sus marcas sobre las piedras que elijo. Nada debería borrarse, pienso, todo debería permanecer.

Mario me contó que había visto a Noa imitando a la yegua que sobrevivió al rayo. Estaba confundido y diciendo que eran como dos gotas de agua, pero yo le conté que vi a esa misma yegua tuerta corriendo hacia atrás durante la tormenta, convirtiéndose en piedra con cada relámpago.

Solo se movió en la oscuridad y de su crin salió la cabeza de Noa, le dije aun sabiendo que no me iba a creer.

Al pie del volcán el tiempo se estiraba. El baile se alargaba junto a la noche y los ojos de los animales nos perseguían. Me sinceré con Mario y le dije que nuestras visiones no eran cosa de la imaginación, sino del sentimiento. La poesía y la música atraen a los que están perdidos y necesitan encontrarse.

Guárdate de los caballos, las danzas y las canciones, le dije porque eso escribimos Carla y yo en una canción.

Más tarde Noa se levantó sonámbula y Carla y yo la seguimos en silencio. Salimos de la tienda y ella anduvo al revés en dirección al volcán con un trote que nos puso los pelos de punta. No sé lo que esperábamos, tal vez verla transformada en caballo para confirmar que vivíamos en el sueño de la gran cabeza universal, pero no sucedió nada. El viento la empujó hacia delante, entrando y saliendo de su boca. Ningún animal de páramo trota al revés. Ella tenía la cabeza echada hacia atrás, los ojos blancos y el cuerpo contrahecho, igual que yo imaginaba a la yegua muerta que su padre abrazó en el bosque de

Tixán. La llevamos de vuelta a la tienda con cuidado. Fuimos silenciosos hasta que el Poeta se despertó y miró a Noa como si fuera sagrada. Se le acercó tambaleándose, apestando a aguardiente, y le tareó un arrullo que la puso a dormir en su sitio. Véanla, nos susurró, ella ha encontrado el camino de la música.

Varias veces me pregunté cuál era ese camino, pero no supe responderme.

Las montañas eran los lugares más cercanos a las estrellas en los que podíamos estar. Allí escuchamos música que fue enviada al espacio como «Dark Was the Night, Cold Was the Ground» de Blind Willie Johnson. Esa canción nos envalentonó durante las noches sin luna frente a los meteoritos que amenazaban con golpearnos en cualquier momento. Diecisiete mil impactan contra la tierra cada año, pero la mayoría se desintegra antes de tocar la corteza terrestre. El resto traen consigo minerales rocosos puros, ígneos o metálicos del universo, dejan cráteres o pasan desapercibidos. Carla y yo anotábamos esto y lo que aprendíamos en un cuaderno viejo y manchado. En él escribimos que el poeta Jorge Eduardo Eielson le pidió a la NASA que llevara sus cenizas a la luna. Dibujamos los animales que fueron enviados a misiones espaciales y las constelaciones de la llama, el sapo y la serpiente. Hicimos listas de astronautas que decidieron convertirse en poetas o músicos, de físicos que tocaron el piano para ayudarse a pensar en el origen del cosmos.

Carla quiso que uno de nuestros temas sonara en la luna, pero no tuvimos suerte poniéndonos en contacto con la NASA. La canción se llama «Deseo de firmamento» y su letra es un poema de Eielson:

No escribo nada
que no esté escrito en el cielo
la noche entera palpita
de incandescentes palabras
llamadas estrellas.

La poesía nace de la lengua de los muertos y de los sueños de los vivos, dijo el chamán. Desde dentro de la casa de Carla, los agujeros de bala dejaban entrar la luz y eran nuestro firmamento.

La última noche del Ruido el Poeta recitó acompañado por tres músicos. La gente estaba inquieta, ni la caída del sol logró tranquilizarlos, solo la voz de quien sacaba música de las palabras. Se recogió el pelo en una cola de caballo y cantó partes del diario mágico de Xul Solar y de «El amor desenterrado» de Jorge Enrique Adoum. Yo no conocía esos poemas, pero Carla me contó que el último iba sobre Los Amantes de Sumpa, los esqueletos de un hombre y una mujer del Paleolítico que llevaban más de siete mil años abrazados.

Piénsalo, me dijo Carla: o se abrazaron antes de morir o los hicieron abrazarse después de muertos, da lo mismo, lo importante es que así siguen.

Eran jóvenes cuando fueron enterrados con piedras redondas y de gran tamaño sobre sus pelvis, dicen que como método de protección y no de castigo. Carla y yo visitamos el museo donde todavía los conservan. Tras un cristal escuchamos a las piedras mortuorias cantar «La canción del hueso», uno de nuestros temas. Lo escribimos en ese instante, frente a los dos muertos que queríamos llegar a ser.

Yo nunca había imaginado el sexo entre esqueletos hasta que oí al Poeta decir sobre el escenario:

... besar las costillas que ignoramos a causa de los pechos
buscar al fondo de la sagrada convexidad de la cadera
el hueso plano, espejo donde me reconozco.

Recitó: «¿Era ya subversiva la ternura?», y repitió el verso como en el estribillo de una canción. Algunos lo entonaron con él porque estaban emocionados. Yo no me emocioné, pero Carla se puso a llorar cuando el Poeta susurró de rodillas entre zampoñas y guitarras:

... a fin de que dos puedan morir uno dentro de otro,
haciendo angosta la cópula para que la tumba ocupe poco espacio,
y no como morimos los demás, los todos que morimos solos
como si nos acostáramos largamente a masturbarnos.

Le besé la frente y ella me volvió a decir: tenemos que estar juntos, por favor.

Estaremos juntos, le dije.

Con todo, hubo un tiempo en el que quise no amar a Carla. Vivíamos frente a frente y su tío acababa de ser asesinado en una balacera. Había disparos y muertos cada día por la guerra entre las narcobandas. Teníamos trece años, pero a ella el duelo la hizo adulta. Dejamos de hablarnos en los recreos y en el parque. Me uní a otros adolescentes del barrio y ellos me enseñaron a fumar cigarrillos y porros, a entrenar perros callejeros. Un día las cenizas del Tungurahua llegaron a la ciudad y vi a Carla recogiendo sapos muertos de la calle, limpiándolos con una camiseta rota. Ya no teníamos trece sino dieciséis, y mi padre también había muerto en una balacera. Las cenizas envejecían las plantas y les quitaban el color. Nunca supe por qué ella limpió los sapos ni le pregunté: la ayudé a recogerlos y a partir de ese día volvimos a estar juntos.

Más adelante fantaseé con dejar de amarla, con descubrir qué Pedro sería sin ella, sin lo que su amor me hacía ser, pero ya no me fui de su lado. Dejé que me leyera artículos de ciencia y de poesía, que me cantara. Mis amigos hicieron un grupo de trap, compusieron temas en los que dijeron ser miembros de una narcobanda y sus cuerpos fueron arrojados al río. El duelo se tolera si tienes a alguien a tu lado: eso es lo subversivo de la ternura. Por las noches el peso de la cabeza de Carla sobre mi pecho me dio una orientación. Ahora que ella no está temo mirar el cielo, así que no lo miro. Si me tropiezo con una piedra, suele ser la de mi nombre.

Dicen que las almas de los muertos expulsan viento al alejarse. Yo no pensaba en eso cuando estaba con Carla, solo en la vida, aunque es cierto que el páramo te hace mirar a la muerte de cerca. En lo alto encuentras esqueletos de guanacos y de pájaros, desiertos de tierra negra donde nada crece. Desde el norte los cuvivíes vuelan para suicidarse en las lagunas de Ozogoche. Vuelan varios meses huyendo del frío, pero el frío los alcanza. Cientos de aves caen en las aguas heladas del sur. El cielo es generoso y alimenta a las lagunas, lo mismo trae lluvia que carne fresca o rocas celestes.

Las piedras tragan animales, contó el yachak una vez en el círculo. Si llevan marcas de pezuñas es que acaban de comer.

Yo investigué esas piedras y soñé con una casa universal que tenía la forma de un cráneo y de una cueva. En el interior había un Diabluma, pero la mitad de su máscara estaba quemada. Su baile era contagioso y terminé bailando en la cabeza del universo donde nadie podía morir. Mis manos dejaron huellas gigantes en las paredes. Desde el fondo de la cueva oí pezuñas intentando entrar. Vi el sueño dentro del sueño, escuché las voces cavernosas de las piedras. Tenemos casi el mismo número de neuronas que de galaxias. Pájaros, tigres, lobos y venados proyectan imágenes cuando se dejan ir. Toda cabeza es una cueva que sueña. Cada ser vivo tiene un bosque primario en su mente.

La fiesta de despedida del Ruido fue larga: varios grupos le pusieron música a la noche y nosotros lo agradecimos. Los Chamanes Eléctricos subieron al escenario con guitarras, bajos, quenas y un CDJ. Tocaron música electroandina, repartieron cristal y chicha zombie entre el público. Una de las cantoras sostuvo el cadáver seco de un colibrí y se lo comió mientras bailaba un mashup de «Mantrakuna» de Enrique Males con «Arka» de Nicola Cruz. Elevó el pájaro por encima de su cabeza, lo bajó hacia su boca y se lo tragó sin masticar. Las otras cantoras le acariciaron la garganta y le mostraron sus dientes tan blancos como las estrellas de la constelación del cóndor.

El colibrí tiene el canto más agudo de los pájaros, me explicó una, es como el susurro del viento en los pajonales. Ssss.

Yo había bebido varias puntas y, movido por mi visión de

la yegua de Tixán, me acerqué a Noa para decirle: si el yachak es un hombre oso, tú eres una mujer yegua y una mama yachak. Le conté lo que el chamán me había confiado: que una mama yachak debía morir antes de renacer. Él mismo tuvo que hacerlo para convertirse en el oso negro de la cordillera y su iniciación fue complicada. Los elegidos oyen voces, viajan dormidos, hablan la lengua de los Apus y de los animales, tienen visiones y conversan con los espíritus. Pensé que Noa estaba pasando por un rito iniciático porque así lo parecía. No lo discutí con Carla, simplemente el pensamiento del páramo me lo hizo entender.

Sobrevivirás, le dije.

Entonces ella me agarró la cabeza y me bajó a su altura: tu voz se parece a la de mi padre, me dijo.

La voz humana asciende, los tambores descienden. Un canto puede hacer flotar una piedra y un tambor enterrarla, aunque un canto tiene la capacidad de destruirla si eso quiere. Mi voz es mi voz, pensé, pero sentí miedo de dejar a Carla como un padre a su hija: de que no pudiéramos morir juntos ni abrazarnos siete mil años después de nuestra muerte.

¡Es el camino de la música!, gritó Carla imitando al Poeta.

Nadie en este mundo quiere una piedra cantando sobre su sexo, salvo los huesos de Los Amantes.

Esa noche no soñamos, sino que vimos la llegada del amanecer con el cuerpo destruido por la fiesta. La gente recogió sus tiendas de campaña, sus instrumentos y sus mochilas porque temían otra tormenta, otra yeguada, otro terremoto o que el tayta abriera la boca para maldecirlos. Si aguantaron los accidentes y la dureza del páramo fue por la música, pero ya no tenían razones para quedarse. Desmontaron la tarima y la tienda del yachak, limpiaron el asentamiento y se llevaron los equipos de sonido. En cuestión de horas el sitio de acampada quedó libre y solo quedamos nosotros oliendo a meado y a roña.

Tómenlo como una señal, mis runas, dijo el Poeta, es así que hay que bailarle al astro rey.

Carla puso su cabeza sobre mi hombro y yo me mantuve quieto para que no resbalara. Estábamos hambrientos y exhaustos, podríamos habernos ido, pero no teníamos dónde, de modo que nos acurrucamos bajo un sol pálido que apenas nos calentó.

Desaparezcamos, me susurró Carla para que nadie nos oyera. Es mejor que regresar.

Si una estrella o una persona desaparecen es porque están muertas, aunque los desaparecidos del festival estaban vivos y escapando de su propia muerte. Nosotros queríamos sobrevivir también, pero a nuestro alrededor todo moría a destiempo. Nada de lo que parecía eterno lo era: ni las montañas, ni la nieve del Chimborazo, ni la voz de un padre, ni el abrazo de Los Amantes. Excepto mi amor por Carla, a quien esa mañana yo decidí no dejar de amar.

Noa temblaba sobre las piernas de Nicole y ella la cubrió con un poncho, acariciándole la cabeza.

¿Vas a ir a ver a tu tayta o vendrás con nosotros?, le preguntó el Poeta a Noa.

En la lejanía, un meteoro se desvaneció detrás del volcán.

Noa ni siquiera abrió los ojos.

PARTE II

CUADERNOS DEL BOSQUE ALTO I

Año 5540, calendario andino

En un principio era el verbo y el verbo estaba con el padre, y el verbo era el padre.

Tengo la palabra viva en el pensamiento. Es un animal oceánico y no de bosque, como Noa, que vino al mundo con el aspecto de un pez que nada hacia abajo, hacia el fondo, donde nadie sabe ver. Ella me hizo responsable de cuidar el mar, pero yo soy un hombre de tierra: comprendo las montañas, el vaho, las raíces oscuras de los árboles, no el agua.

No sé de palabras líquidas.

Hay noches en las que rezo mirando los yaguales, noches en las que mi mano sostiene un tierno corazón de venado.

Cosmos y sangre:
conozco los conflictos de la creación.

Tengo sesenta años. Me gusta cazar, cuidar de mi finca, limpiar mis armas y mis relojes, entrenar a mis perros, ver a las vacas pastar en silencio y a los caballos mojarse en la lluvia. Todo esto tiene edad. La palabra del padre, en cambio, no empieza ni termina en la lengua de un hombre: guarda consigo la totalidad del tiempo y de la especie.

Pasa de cuerpo en cuerpo como un saltamontes.

Tiene hambre.

Cuando una semilla arraiga, brota sola, pero necesita la luz y la oscuridad de la tierra para crecer. Necesita la lluvia. Enterrar la semilla te compromete a pronunciar el verbo sin edad, a cargar con el peso del agua. Aun así, un padre intenta hacerse responsable de lo que trajo al mundo. Intenta que la palabra sea cierta, justa, sabia, y hace lo posible para estar a su altura.

Conozco el tamaño del bosque: es el ojo abierto de Dios.

El día que Noa me dijo que vendría a verme encontré un nido caído entre la maleza. Era pequeño y estaba formado por pelo de caballo, ramas y musgo. No tenía nada en su interior, estaba limpio y en ruinas.

Un regalo de los pájaros.

Una casa empujada por el viento.

Me gusta cazar. Cuido de la vida disparándole. Prefiero caminar con Sansón a mi lado y con un rifle antes que mirar la cara de mi hija.

Una vez le dije a Noa:

amo a los ciervos,
a los conejos,
a las liebres,
a los zorros.

Y ella me preguntó: ¿entonces por qué los mueres, papi?

Hacer morir, no matar, dijo.

Uno puede matar con amor, le respondí, la caza existe porque la presa es digna. Hay que admirar a la presa, venerarla hasta el final y aun después.

Amo a los animales. Con mis botas hago crujir ramas, hojas secas e insectos y el sonido es como quiero que sea morir, aunque sé bien que no es así como se muere. He visto agonizar a muchas criaturas en este bosque: jadean, se enroscan, miran con los ojos demasiado abiertos hacia la nada. Sangran. Le ofrecen su última tibieza a la tierra. Observo cada espasmo antes de la perfecta quietud y mi amor por ellas continúa cuando las despojo de su carne y limpio sus huesos y sus pieles de la muerte.

No soy un taxidermista profesional. Todo lo que sé lo he aprendido de mi madre. Tras su muerte heredé sus treinta y ocho naturalizaciones y su cancionero ritual.

Cazo porque la presa es digna.

En la presa está Dios, el cazador y mi madre.

Mi hija viene al bosque alto: tendré que enseñarle a calmar la vida allí donde la vida se excede. Proteger el silencio es una larga labor, especialmente en la montaña. Quiero vivir en este silencio, decir solo lo que guarde la respiración divina.

Pero ella me pedirá que hable.

Un padre habla, dirá.

Un padre pronuncia el verbo que es como el agua.

He llegado a pensar que, al igual que los ciervos, las palabras tiemblan y corren si se las apunta con un rifle. Son veloces. Cuando las escribo puedo domesticarlas, hacerlas una casa para Noa.

Un padre debe decir lo justo y lo transparente, pero es difícil pronunciar la palabra que revela su propio fondo. Yo sé poco del verbo que es como el agua: jamás fui el abrevadero de mi hija. Soy culpable de eso y más.

He vivido en esta casona antigua toda mi vida. Es alta, con cristales limpios y piedras grises que se elevan. A veces, cuando la miro a la distancia, parece un tumor de tierra, una caverna que creció al revés, contra todo pronóstico, henchida de viento.

En su interior yo me dibujo. Soy el primer animal pintado.

Por el día sé que esta roca levitante es mía. Conozco sus pasajes, desniveles e iluminaciones, pero por las noches la siento honda y ajena.

Hay partes de esta casona que no me atrevo a habitar.

La habitación de mi madre es una de ellas.

Una noche, hace dieciocho años, me despertó el dolor de mi mano apretada entre las uñas de Mariana.

Ella se acercó a mi oído y me dijo:

han entrado a nuestro hogar.

Oí objetos siendo arrastrados, pasos en los escalones. Me levanté a pesar de que ella me pidió que me quedara. Estaba embarazada de Noa, le faltaban dos meses para dar a luz. Todavía no teníamos armas y los barrios no habían organizado grupos de autodefensa.

Salí descalzo y en pijama de la habitación.

Los ruidos eran fuertes, como si quisieran ser escuchados.

Primero sorprendí a uno de los ladrones sacando electrodomésticos por la puerta principal. Era un chico bajo y fornido que se me abalanzó. Caímos sobre la mesa de cristal y el estruendo alertó a otro muchacho que salió de la cocina y escapó corriendo.

Solo vi la sangre tras oír los gritos de Mariana desde las escaleras, pero yo seguí luchando sin saber si esa sangre era la mía.

Golpeé la cara del chico con el puño cerrado.

Una,

dos,

tres,

cuatro,

cinco,

seis veces.

Mareado se arrastró hacia afuera y nosotros lo dejamos ir.

Creo que le rompiste la cara, dijo Mariana.

Ojalá se la hayas roto.

Compramos un arma y le enseñé a mi mujer embarazada a disparar. Mariana siempre tuvo buena puntería. Nunca sintió miedo de herir a nadie.

Días después encontramos sangre regada frente a la puerta principal. Cinco dientes humanos y una cabeza de perro descansaban en su centro. Las bandas criminales marcaban las casas de ese modo. Tuvimos que mudarnos.

El parto se le adelantó a Mariana un mes.

Óyeme: la niña nos salió embrujada, me dijo ella ni bien tuvo a Noa entre sus brazos.

Al mirar a mi hija sentí compasión. Estaba roja, llena de pelo fino y cobrizo, como un zorro.

Una niña-zorro.

Se le irá cayendo de a poco, dijo la doctora. Pasa con los bebés prematuros, es muy común.

Una hija recién nacida nada en la verdad, por eso no necesita otro lenguaje que el calor. Yo la toqué lo menos posible.

Aprendí a cargarla a partir del año y medio porque temía que se rompiera.

El afecto es frágil. Para protegerlo, lo fingimos.

La primera vez que naturalicé a una criatura lo hice temblando. No dudé al dispararle ni temí el peso de su lengua, pero algo me turbó cuando lo desollé y limpié y curtí su piel suave y sucia.

Mis manos acariciaron lo que hizo la muerte con el zorro: un objeto de Dios.

Y mientras esculpía el molde para esa piel que brillaba como si aún viviera, supe que únicamente podía cuidar bien de aquello que estaba muerto. Eso fue lo que aprendí en mi primera naturalización: que se puede proteger al cadáver de la muerte, no al cuerpo que corre y se alimenta y duerme solo. Lo que está vivo resbala, entendí, la noche le hace pasar frío y el día le trae sed. Pero un cuerpo muerto es lo invencible de la naturaleza. Su estado lo vuelve ajeno a la fragilidad, excepto a la de su propia desaparición.

Yo protejo al cadáver, limpio la piel de lo que la descompone, pulo los huesos y arrojo la carne a la tierra. Detengo la muerte y la resguardo de sí misma. Cuido al animal muerto con todo el amor que merece.

La primera vez que cacé a un zorro me dije: yo amo a este zorro.

Amo al animal de los ojos de vidrio.

Amo a la criatura a la que le peino el pelaje.

Con él descubrí una nueva manifestación del amor.

Con mi primer ciervo, el significado de lo sagrado.

Mi madre conocía el misterio de la muerte y de la bondad. De niño la odié por aterrorizarme con sus naturalizaciones, con su delirante veneración por la cordillera, los vientos y las lunas.

Matar un animal es herir lo que no se entiende, es decir,

a Dios, me dijo arrodillándose sobre dos piedras negras para trenzarse el cabello.

Encendía inciensos y fogatas pequeñas.

Machacaba flores y se las untaba en el cuerpo.

Se cortaba las uñas de las manos y de los pies y las enterraba junto a los ojos de los animales.

El tiempo es cíclico y morimos muchas veces, mi hanan pacha, mi wawita linda, mi kuyllur, decía. Morimos tanto que empezamos otra vez.

Conjuraba rezos a la culebra de las nubes y danzaba con la cabeza de su primer ciervo.

La muerte es iniciación, pero hay que pedir perdón por la herida, mi ninakuru, mi pillpintu, mi karaywa.

Noa no conoció a su abuela.

No sabe el sacrificio que es hacer perfecta a la muerte.

Desde mi espera pienso en lo que me hace temer: yo amo al zorro porque soy el zorro, pero no puedo amar a mi hija ni explicarle mi relación con la montaña.

No te confundas, wawita mía, Dios está en los animales y puede ser herido, pero no dañado, dijo mi madre enterrando su cabello al pie de un quishuar.

Los animales que cazo son mi templo.

Eso le diré a mi hija cuando me pregunte, una vez más, por qué mato lo que amo.

Cada uno de los animales que cazo son mi templo.

Entro en ellos de rodillas.

La última vez que abracé a Noa fue hace diez años. Mariana la sacó para que jugara y le explicamos, lo mejor que pudimos, que nos íbamos a separar. No lloró. Hacía un día estupendo y nada parecía fuera de sitio, salvo que yo estaba a punto de abandonarlas.

Tu padre no va a volver, le dijo Mariana a la niña. Te quiere menos de lo que se quiere a un perro.

Intenté llorar para demostrarle a Noa que su madre mentía, pero no pude porque era cierto que la amaba poco. Me estaba yendo. Había metido las maletas en el carro con la esperanza de comenzar una vida más acorde a mi naturaleza.

Quería a mi hija, solo que no lo suficiente.

El dolor del mundo crece
por todo lo que no es suficiente.

Hubo un tiempo en el que deseé ser alguien distinto, una persona que cumple con su deber y que dice la verdad, pero Dios sabe que fantaseé con irme desde que la vi: un renacuajo bailando entre telas blancas, apretando mi dedo como si fuera fuerte, y lo era, porque las hijas siempre son fuertes al fondo de su debilidad.

Quise sacarla de la cama donde antes había deseo y después solo ella pidiéndome un amor imposible.

¿Qué clase de hombre soy?, me pregunté. ¿Qué clase de padre no sobrevive a la fuerza de su hija?

Le dije a Noa que nos veríamos pronto sin saber que le estaba mintiendo.

Te quiero mucho, mijita, le mentí.

Somos inconscientes de todas las veces que falseamos lo que sentimos solo para ver si el amor nos nace.

Ahora la espero y el viento de la montaña arrecia.

No la conozco.

No sé qué clase de persona es.

Hay un árbol único en estas tierras al que llaman el Árbol de los Relinchos. Habita en la montaña y es común verlo cuando uno se adentra en el bosque alto. Es grande y frondoso, con el tronco trenzado y hojas del tamaño de una mano abierta. Se dice que guarda un caballo tibio en su interior y que, a veces, se lo escucha relinchar a lo lejos. También se cuenta que el caballo sale a pasear por la noche y por debajo de la tierra, y que no hay que intentar domarlo porque entonces se pone vengativo y te hunde con él.

A mi padre un día se le escapó un caballo de la finca. Se fue a buscarlo en la montaña y no regresó. Los hombres del pueblo hallaron a mi padre a la mañana siguiente en una quebrada, roto. Nunca lo conocí, pero el recuerdo más vivo que tengo son las marcas de herraduras en su pecho.

Hoy salí a cazar. La niebla me impidió ver el camino durante las primeras horas de la mañana, pero Sansón supo guiarme por el bosque que siempre es otro. Aquí las montañas abren el cielo y se elevan.

Caminé mucho y sin cuidado.

Atravesé senderos conocidos e inexplorados por la nariz de Sansón.

Me gustan las ramas, los peligros, el verdor deslumbrante de la piedra. Esta es mi casa: los pájaros cantan y su lenguaje empuja el agua que cae sobre las rocas.

Es lo contrario a la música.

Es lo contrario al orden.

Hay algo divino en esta casa verde que respira al revés. Aquí he visto flores que muerden, insectos de luz y, sin embargo, no he visto nada. Desde que soy un niño camino por el bosque, pero sigue siendo un desconocido. Todo lo que sé de los animales es superficial. Puedo responder hacia dónde corren los ciervos y los zorros, cómo encontrar las madrigueras de los conejos y esquivar a los venados macho. He aprendido a oler el peligro igual que una criatura de la montaña, a reconocer huellas y sonidos intimidantes. Sé leer el caos verde, pero apenas una pequeña parte de su dinamismo.

No puedo dialogar con las criaturas ni con las plantas como lo hacía mi madre.

No creo que tal conversación sea posible.

La cacería me acerca a Dios y a la vez me salva de él, me hace entrar en el animal que no puede ser cazado.

Gran parte de cazar es caminar: respirar la tierra, las hojas, las pieles, observar los cambios de luz, oír los distintos tipos de cantos, rugidos, balidos, siseos, avanzar con los sentidos en guardia, afilados, dar un paso delante del otro sin caer pero, si uno se cae, enseguida levantarse.

No se puede cazar al bosque como no se puede cazar a Dios, decía mi madre.

Ahora entiendo lo que quería decirme: se caza al animal sagrado, no al divino. Cuando entro al bosque piso el vientre de un dinosaurio. Respeto a esta enorme criatura de cielo, agua y tierra, por eso mis pasos son ligeros.

Tú eres Dios y yo soy Dios, me decía mamá.

Solo Dios es Dios, le respondía yo.

Tres horas de caminata me trajeron un cervatillo. Era delgado y tembloroso. Notó la presencia de Sansón y tuvimos que dejarlo ir. He naturalizado dos en lo que llevo de ejercicio taxidérmico, no porque me sea difícil cazar más, sino porque me disgusta la forma en la que mueren: como si estuvieran naciendo.

Un bosque se mueve. Sus ramas, sus hojas, sus setas, sus lomos se balancean.

Para mi madre la cacería era una liturgia que la ponía en contacto con el mundo de los espíritus. Yo, en cambio, cazo para estudiar la muerte y amarla en su condición más duradera. Quiero que mi hija entienda mi entorno, este aislamiento de cuernos, pelaje y cordillera que he elegido para cultivar una vida de silencio.

No sé si podrá comprenderme.

No sé si sabrá que en la montaña pasan días, incluso semanas, sin que yo hable con otro ser humano.

Me gusta haber aprendido a vivir sin el deseo de hablar. A veces pienso que he olvidado cómo se hace, que ya no sabría mantener una conversación durante más de quince minutos. Mi único amigo es Sansón y nos entendemos por fuera de las palabras. Escribir es una cosa diferente.

Escribir es inventarse un habla que no tienes y unos oídos que no están.

Tengo pocas ganas de explicar las razones que me hicieron irme, de fingir sentimientos que nunca sentí. Ella quiere que pronuncie la palabra que es como el agua, pero yo no conozco ese verbo, por eso escribo en la noche contra los sonidos del bosque. Para hacer el silencio. Para saber qué decir y qué no. Las palabras son imprecisas. Precisa es la caricia cuando toco la cabeza de Sansón, nada más.

Lenguaje, no palabras.

Noa cumplió dieciocho años hace tres meses. La última vez que celebré su cumpleaños le regalé una bicicleta que su madre transformó en un triciclo. Ella le decía:

te vas a caer y te vas a matar.

Ni se te ocurra ir al parque, que te van a robar.

Si hablas con extraños te van a secuestrar.

Mariana quería evitarle dolor causándole dolor. No le quitaba el ojo de encima y, a menudo, acababa atemorizándola.

Los niños del barrio montaban bicicletas, así que Noa, sin quejarse, dejó el triciclo junto a las cosas que jamás usábamos. Era una niña callada, de mirada sumisa, tímida hasta con sus propios padres. Por un tiempo pensé que quizás era la consecuencia de haber visto algo traumático, uno de los muertos que los sicarios arrojaban en nuestro barrio, pero no. Podía quedarse horas observando el vacío como si dejara su cuerpo.

Era dulce.

Qué misterio: era mi hija y era dulce, Dios sabe que ni Mariana ni yo lo éramos.

¿De dónde salen los hijos?

¿De dónde lo que los diferencia de nosotros?

Yo mantenía la calma cuando Noa se caía y regresaba a casa con las rodillas rojas, la piel amoratada, el chicle en el cabello. Yo la dejaba jugar hasta tarde y no le decía nada cuando se iba a la cama sin cepillarse los dientes.

Un colibrí es bello y pesado en el corazón, decía uno de

los cantos de mi madre. Como no quise tener el corazón habitado lo limpié de cualquier presencia.

Noa no lloró cuando me fui.

Tal vez lo sabía.

Vi a un cóndor planeando detrás de la montaña. No es normal, pensé, debe haberse perdido. Aquí no suelen venir, pero él era negro y su tamaño, incluso a la distancia, me confirmó que era uno de ellos. Las manos me temblaron. Sentí algo caliente bajo la piel: una preocupación irracional y un embelesamiento. Ver a un cóndor es siempre un presagio. Él arrastra el sol fuera de la montaña para que sea de día, y empuja el sol dentro de la montaña para que sea de noche. Desde mi lugar lo vi cubriendo la mitad del cielo. Sé que no es posible, pero en mi memoria ese animal tapó el sol.

Un sol oscuro.

Si no creo en augurios, ¿por qué este temblor?

Mi interés en la cacería no es sobrenatural, sino centrado en la razón de un proceso biológico y estético. Cuando persigo a una criatura me convierto en criatura. Soy un mamífero armado que retorna al sitio de donde nunca debió haber salido, inválido, mucho más desnudo que cualquiera de los animales del bosque.

He pensado en esto durante los últimos días: en ser hombre, en ser padre y en ser muerte.

He vuelto a ver al cóndor planeando hacia la quebrada. Está perdido, este no es su hogar. Un cóndor es bello, pero se alimenta de la carroña.

Los dos cazamos estados distintos de la carne.

Quizás sea padre o madre, quizás coma de los restos de los cervatillos, lance conejos, liebres y cuyes al filo de la quebrada, o espere más allá de mi propia espera: allá donde el cuerpo se termina y se corrompe.

¿Cuál es la belleza de un animal que vive de la podredumbre?

La de la cordillera, me respondo.

Su nido.

Su casa.

¿Y si lo cazo?
¿Y si me deshago del presagio?

Los habitantes de la montaña buscaban a mi madre cuando les dolía algo, los perseguía un mal espíritu, sufrían de soroche o mal de ojo, querían conocer su futuro, tener mejor suerte en el amor, revivir el deseo sexual, dar a luz, hacerse una limpia, pedirle perdón a la naturaleza o congraciarse con ella.

De niño la vi preparar líquidos espesos y escuché a las mujeres gritar en una habitación de la finca. Sus gemidos duraban un día entero y mi madre se quedaba con ellas. Solo salía para vaciar un recipiente de agua roja que limpiaba y volvía a llenar.

Cultivaba rudas en el patio.

La ruda sirve para muchas cosas, mi hanan pacha: absorbe lo malvado, cura el cuerpo y el pensamiento, enciende el amor, protege la casa, limpia el viento.

En más de una ocasión vi cómo los gritos secaban las rudas de mi madre. Las mujeres abandonaban el encierro pálidas, con los labios partidos y el cabello grasoso. Mamá les daba de comer y las llevaba al bosque donde hacía un ritual del que nunca me dejó ser parte.

Las traía de vuelta
empapadas por el agua
de la montaña.
Al marcharse, ellas le
daban las gracias.

Es lo que sé.

Recuerdo que tuvimos algunos encuentros violentos, gente que le gritó insultos mientras ella paseaba conmigo de la mano. Fueron momentos incómodos. El pueblo creía que mi madre cazaba para comer y para sanar, pero sobre todo lo hacía para diseñar sus monstruos, su bestiario de cordillera.

Si se hubieran asomado a su cuarto y visto sus criaturas nos habrían tratado peor.

De niño yo iba solo a las misas del pueblo y ella se quedaba hablando con los árboles y los animales, bendiciendo al bosque, conjurando el clima con rezos y danzas, sanándose a sí misma y a otros, cultivando plantas de poder, buscando cuevas donde dormir la siesta.

A mis ojos, mi madre era oscura, alguien que hurgaba con desesperación en los intestinos del mundo y que se encerraba para reproducir las bestias del bosque.

Algunas veces me quedé dormido afuera de su habitación, en el suelo, esperando a que ella me besara.

Su habitación está cerrada.

Me disgusta bajar al pueblo. La gente me mira con desconfianza, como si pensaran que les oculto algo que les pertene-
ce. Yo no tengo nada que sea de ellos, apenas una porción de
tierra frente al bosque alto y un perro que siempre tiene
hambre. Sansón me pide que lo alimente más desde que murió el
sacerdote de la parroquia. Es una coincidencia que me inspi-
ra, que me hace hablarle de Dios aunque sea una criatura
incapaz de comprender el concepto de lo divino. Ahora que
la iglesia está abandonada él devora lo que encuentra y caza
dos o tres liebres por día. He intentado detenerlo, explicarle
que no podemos consumir todo lo que saca del bosque, pero
un hombre y un perro hablan lenguas distintas:

el primero, la del deber,

y el segundo, la de la necesidad.

Me resisto a atarlo pese a los cadáveres que deja junto a
mi puerta. Quiero permitirle desear sin contención. Sé que
en el fondo nos parecemos y que en mí también habita la
necesidad como un caballo. A veces, cuando me rindo a sus
pisadas, siento que puedo hablar la lengua de Sansón, que
entiendo su hambre y que él entiende la mía, pero esto dura
poco tiempo.

Reconozco mi lugar en la contención, en el amaestra-
miento de mi carácter. En cambio, un perro es indefenso ante
sí mismo.

Mi madre creía que podía hablarles a los animales:

ella era indefensa ante sí misma, igual que Sansón.

La gente del pueblo me rechaza. Evita mirarme y, cuando
lo hace, tensa los músculos. Recibo esa distancia con resigna-

ción, hago una compra de víveres y regreso a casa con la certeza de que no soy bienvenido. Tal vez sea mi culpa por no haber intentado ser parte de la comunidad.

Esta mañana Sansón ladró dentro de la iglesia vacía y la reverberación fue como el habla de Dios.

Ese es el lenguaje al que aspiro:

uno que el templo purifique.

Parece mentira, pero en el bosque alto los árboles que nacen abrazan a los árboles que mueren.

Cuando dejé a Noa prometí que la llamaría todos los días y que la visitaría al menos una vez al mes.

Me lo propuse, subí al carro y emprendí el viaje.

Me ayudó a partir decirme a mí mismo que no la estaba abandonando, que era mi intención real volver, visitar, llamar. Pronto me di cuenta de que no iba a cumplir mi promesa: no quería seguir mintiéndole a la distancia, fingir que la extrañaba o que contaba los días para vernos de nuevo.

La verdad era demasiado dura para una niña e incluso para un hombre.

Postergué las llamadas, al principio unas semanas, después meses y años. Y cada día se hizo más difícil retomar el contacto, así que no la visité nunca.

No la llamé más que unas cuantas veces.

Las intenciones con las que limpiamos nuestros corazones son oscuras.

Me duelen los párpados, no consigo dormir bien. En las madrugadas, aprieto la mandíbula y hago rechinar los dientes.

Escupo sangre cuando sale el sol. Mi hija se acerca. Sé lo que esto significa, pero no me atrevo a decirlo.

Escribir sobre alguien es poner un peso encima del ser: es colocar a la persona por debajo de las ideas que uno se ha hecho sobre ella, echarle sin pena ni miedo el ojo de Dios.

Escribo encima de mi hija y encima de mí mismo.

Esto tiene que traer consecuencias.

Las águilas chillan, las ballenas cantan, los búhos ululan, las cabras balan, los chacales aúllan, los ciervos braman, los cocodrilos lloran, los cuervos voznan, los delfines chasquean, los elefantes barritan, los gatos bufan, las golondrinas trisan, las liebres zapatean, las panteras himpan, las serpientes sisean y los zorros gritan, pero los cóndores son criaturas silenciosas. Ni siquiera mi madre sabía cómo hablarles.

Un ala negra acaricia mi cabeza.

Es el sol.

Nunca he naturalizado a un ave. Podría hacerlo, pero los pájaros de estas montañas me generan desconfianza. Durante el amanecer veo bandadas cruzar el cielo de este a oeste y, durante el ocaso, las veo retornar haciendo el camino inverso con una calma contagiosa. Su vuelo es ordenado, excepto cuando revolotean sin rumbo como una marabunta de alas y picos que cortan el aire. Lo hacen unas cuantas veces al año: se chocan entre ellos, se hieren. Vuelan, pero hacia ningún sitio. Me sobrecoge ese repentino y violento caos.

Las nubes de pájaros nos traen mensajes, mi pillpintu.

Los días en que las aves cubrían el cielo de gritos y de plumas mi madre se sentaba a observarlas. Sus batallas eran cruentas: decenas caían desde lo alto hacia la tierra que ella bendecía. Mi madre leía el futuro en el vuelo y en el canto de los pájaros. Todas las noches, después de que le trajeran algún mensaje, bailaba frente a la montaña para agradecer el origen y la perpetuación de su don.

Se movía con los ojos vendados y un vestido del que colgaban pájaros muertos.

No todas sus danzas, sin embargo, eran nocturnas.

No todas eran fáciles de ver.

Según mi madre, el canto y el vuelo de las aves le anticiparon que estaba embarazada, que mi padre moriría, que yo sería un varón y que viviríamos siempre en la finca.

De niño recuerdo haber escuchado cantos terribles viniendo del bosque. Esos sonidos le traían mensajes a mamá, no los trinos que nos despertaban por la mañana, no los gorgojeos solares. Eran sonidos rasgados, como alaridos: agudos, graves, broncos.

Ensordecedores.

Desconozco el tipo de ave que produce esos graznidos, pero la escucho en las madrugadas con los párpados cerrados e imagino que su lenguaje viene de la caja torácica del bosque. Entonces no siento miedo, sino la memoria del miedo.

También recuerdo haber visto esos vuelos agresivos en mi infancia: pájaros chocándose unos contra otros y picoteándose las alas, cadáveres cayendo junto a los pies desnudos de mi madre, que a veces se los comía para aprender sus cantos, pero no estoy seguro de que eso haya ocurrido.

Esta tarde, mientras cazaba, un ave oscura y de ojos grandes se posó en una rama cercana. Nos miramos durante algunos segundos y yo seguí caminando con Sansón. Un par de horas después, en otra parte del bosque, me encontré nuevamente con la mirada hueca del mismo pájaro.

Me sentí enfermo.

No pude moverme, pero me llevé la mano al estómago y aguanté el sudor y las ganas de vomitar.

Abrió su pico con lentitud.

No emitió ningún sonido.

De mi jauría de sabuesos solo Sansón tiene nombre. Los demás tienen algo diferente. Les digo uno, dos, tres, cuatro y cinco. Ninguno de estos números los nombra. Son órdenes. Cuando escuchan estas palabras ellos acuden a mí y saben que les exijo atención y respuesta. Por eso Uno no es un nombre, sino un imperativo. Un nombre designa, insufla vida en el cuerpo. Es una palabra que se hace músculo y ese músculo es nuestro. Si nos nombran adquirimos sonido y significado. Tenemos aliento, propósito, espíritu. Podemos correr, mirar, saltar, echarnos en la hierba o en un catre y ser algo para alguien.

Sansón, por ejemplo, es un sonido potente, melodioso. Proviene del hebreo: significa sol y fuerza. Dios fortalece a Sansón con su nombre, lo llena de soplo celeste, le otorga la capacidad de vencer a sus contrincantes sin otra arma que su cuerpo. Ese es Sansón. Los otros perros son intercambiables entre sí, casi nunca los llevo conmigo salvo cuando necesito sentirme parte de un grupo.

Dos es una palabra que le endilgo a mi perro para que me obedezca, pero un nombre es más que obediencia. Es autonomía.

Yo me llamo Ernesto.
Significa: el jamás vencido.

Una vez me perdí en el bosque. No una hora, sino un día y una noche. Por eso sé que una de las peores experiencias que se pueden tener en la montaña es la ausencia de sonido. La quietud es un riesgo. El ruido de los insectos, los pájaros y los animales intimida, pero el silencio es como un cadáver abriendo los ojos, algo que parece imposible y que te paraliza.

No soy un hombre que le tema al silencio.

Sé advertir el peligro.

Mi madre creía que podía guardar el espíritu de los animales en sus naturalizaciones, pero el espíritu es parecido a los sonidos que hacemos: una presencia invisible e incapturable.

En el bosque escuché las almas de las criaturas vivas y, de pronto, las oí desaparecer.

Sentí a Dios y la nada.

Estuve cerca de la muerte.

No sé por qué al proceso taxidérmico se le llama «naturalización». Viene, supongo, del intento de hacer que un animal muerto parezca vivo, como si la vida fuera lo natural y la muerte lo antinatural. Pero yo no naturalizo a un zorro para que parezca vivo, sino para que pueda acompañarme en las habitaciones de mi casa.

Un animal muerto no canta, no ladra, no aúlla.

El silencio es muerte y también una pausa.

Estuve expuesto, desprotegido en medio del bosque, y un ave rapaz planeó sobre mi cabeza para coger con sus garras a un cuy. Sus alas permanecieron abiertas, agitándose mientras batallaba con el roedor y le daba picotazos que lo hicieron chillar y sangrar.

El silencio es solo una pausa.

Lo que viene después es por fuerza violento.

No me gusta la música.

Desde la muerte de mi madre no ha sonado una sola canción en esta casa.

No la necesito, la música es indócil. Prefiero los sonidos del bosque y de la montaña, aunque estos sean indóciles también.

Mi madre escribía cantos para elevar a las plantas, a los animales y a las personas. Sé de pueblos que dicen haber levitado con las voces de sus mujeres, existen historias de ese tipo. Yo no creo en las leyendas, pero una vez salí de mí mismo a causa de una canción y fui otro hombre, uno triste que se echó a llorar en medio de la niebla.

Yo no soy un hombre deshecho, me dije. Sin embargo, la música me convirtió en un niño.

La semana pasada iba despacio por el bosque cuando me alcanzó la melodía de un rondador. Reconozco su sonido: en la habitación de mi madre hay uno viejo hecho de hueso y plumas de cóndor. Ella lo usaba para cantar, decía que aprendía sus canciones de los pájaros y de las voces que se le aparecían en sueños. Muchos de sus cantos eran de cacería, otros de sanación, otros iban dirigidos a sus monstruos disecados. Recuerdo que ella susurraba, gemía, gritaba y golpeaba su cuerpo mientras entonaba canciones incomprensibles.

Un niño no debería escuchar más de una voz saliendo del cuerpo de su madre, no es de Dios, pero dos voces salían siempre de la garganta de la mía y ninguna era la suya.

Aún hoy no sé cómo lo hacía. No me interesa saberlo.

La música seduce a su oyente, intenta cazarlo. Los sonidos, en cambio, prescinden de la escucha. Si un día sientes que el bosque te llama te estás engañando: el bosque no quiere cortejarte, no necesita nada de ti. Por el contrario, la música exige ser oída aunque te imponga un ritmo doloroso, aunque sea estridente.

Dirige tu pensamiento y tus emociones. Es autoritaria.

Todo cuerpo y su sombra sangran en la música.

El sonido del rondador me siguió hasta la finca como un animal en acecho. Solo pude sentirme tranquilo cuando dejé de escucharlo.

No voy a ser cazado, yo soy el cazador, me dije.

Yo soy el cazador.

Pude haberle dicho a mi hija que no viniera.

Pude haberle dicho:

              no soy tu padre, soy solo un hombre.

Por dentro sigo siendo un hijo.

Por dentro no llevo nada que pueda alimentarte.

Tengo pocas respuestas a tus preguntas: no sé por qué no te quise lo suficiente.

Merecías amor, espero que lo hayas encontrado. Solo soy un hombre, no tu padre.

Pude haberle dicho esto, pero las palabras se escondieron de mí.

              Los días son largos cuando uno espera

                            lo que no desea.

Noa se reía durante los terremotos. Cinco años después de que me marchara hubo un sismo que mató a centenares de personas. Llamé a Mariana y me dijo que estaban bien, que no volviera a llamarlas, y así lo hice.

Lo que me une a mi hija es la culpa de no haber sido su padre. La culpa de sentirme mejor lejos de ella, menos torpe, menos inútil.

La espero en el bosque alto con este sentimiento. No me queda otra opción.

En el principio hombres y animales hablaban el mismo idioma. Luego se distanciaron y sus voces se volvieron opacas, cantos que únicamente los chamanes supieron traducir. Un chamán habla la lengua secreta que une a los hombres y a los animales con el mundo de arriba y el mundo de abajo. Mi madre empezó naturalizando aves, especialmente mirlos y búhos; después trabajó con venados, conejos y zorros que le sirvieron para el diseño de criaturas híbridas. Jamás me permitió acercarme a su laboratorio, no hasta que sus diseños estuvieran listos. Decía que soñaba con bestias saliendo de las palmas de sus manos, que las veía incluso cuando tenía los ojos abiertos.

Quiero hacer de un animal muerto un animal vivo, mi ninakuru.

¿Harás un zombie?, le pregunté una vez.

No, no un zombie.

Dominó la técnica y creó naturalizaciones de monstruos andinos. Sus esculturas, como ella insistía en llamarlas, no eran fieles a las descripciones populares, sino que las evocaban. Esto la hizo considerarse a sí misma una artista, una persona que tenía el poder de moldear la naturaleza.

Artista, chamana y maga soy, me dijo mostrándome a unos gagones sobre su mesa de trabajo. Tu cráneo fue esculpido por mi pelvis cuando te parí, wawita mía, eres mi primera escultura.

Ese día me contó la leyenda de los gagones:

Son dos perros wawas, mijito lindo, perros chiquitos, pulchungos y cenicientos, como recién nacidos del volcán, que huelen a humo y se abrazan en el lodo. Son sucios y resucios. Llevan las almas puercas de los parientes que viven mal, los que se arrejuntan siendo ya familia, pues. A ellos se les aparecen, a los incestuosos, y les quitan los huesitos de las rodillas y ya con eso los perversos ni caminan ni pecan.

Recuerdo la impresión que me produjo ver a los gagones de mi madre: sus cabezas eran las de dos conejos, sus cuerpos los de dos cachorros, sus patas las de cuatro avefrías.

Tenían, además, cuernos y alas.

Óyeme bien, kuyllur: la forma de tu cráneo la definió un hueso mío, por eso tus pensamientos me pertenecen.

No fue fácil ser hijo de mi madre. Junto a ella viví una infancia de ungüentos, brebajes, monstruos y cantos. Los que subían la montaña le agradecían sus servicios con flores y plantas que ella cultivaba en su jardín, pero esto cambió de un día para otro.

Un perro desenterró un feto del bosque.

Junto a la pequeña fosa encontraron piedras pintadas, cabellos y uñas de mi madre, ojos podridos de llama.

¡Bruja!, le gritaron, pero mi madre no se defendió.

A sus espaldas la llamaron La Matawawas.

Desde tiempos inmemorables se cuentan historias de brujas sobrevolando el cantón, mujeres que convierten a los niños en culebras y que caen al suelo si uno dibuja una cruz o pincha agujas en un sombrero.

Que me llamen bruja si quieren, decía mi madre, acá toditos somos brujos, nadie se salva.

Solía encerrarse en su habitación para trabajar en su bestiario. Si estaba creando una nueva criatura apenas nos veíamos. Su concentración era firme y entonaba cantos escritos por ella misma.

Me aseguraba que sus monstruos nos protegían de peligros.

¿Qué peligros?, le preguntaba yo.

No los ves pero están en el viento de la montaña, mi shunku, en el agua, en los animales, y huelen a muerte, huelen feo, por eso tienes que huir del olor que es como un árbol de carne negra.

Reconocí de inmediato ese olor ahumado, oscuro como el carbón: lo respiraba en el baño, en el bosque, en mi cama, en mis pies, en los perros, en el jardín, en la comida. Era el olor que entraba en el cuerpo de mi madre cuando se aislaba en su habitación.

Era la rabia: era mi mente.

Yo creí que se trataba de cuerpos quemados del mundo de abajo. Estaba convencido de que el mal tenía que oler de ese modo.

Venía, ahora lo sé, de sus animales y de sus bestias.

Naturalizó versiones de la serpiente Amaru, del Huiña Huilli, del Jarjacha, del pájaro Inti y de Quesintuu y Umantuu, las sirenas precolombinas del lago Titicaca. Me aseguró que aquellas criaturas eran reales y que habitaban en los bosques y en las montañas.

Pero no te preocupes, wawita mía, que acá están tu madre y sus monstruos para protegerte.

A veces ella gritaba y destruía lo que había creado. A veces salía de su habitación y me arrastraba del pelo hasta el corral. Eran los peligros metiéndosele dentro, era ella luchando para que no la agarrara el olor.

Por las noches yo oía a los gagones ladrar y a las sirenas cantando por los pasillos de la casa. En mis pesadillas las criaturas de mi madre se movían igual que el bosque, solo que en ellas no estaba Dios.

Ahora rezo y estoy tranquilo.

La habitación de mi madre está cerrada.

La gente del pueblo decía que, en las madrugadas, la cabeza voladora de mi madre se desprendía de su cuerpo y flotaba hacia el bosque para invocar espíritus perversos.

Decía que su cabeza abría la boca y que todo tipo de chillidos, jadeos, ladridos, gritos y cantos de animales salían de ella.

Decía que separaba sus manos voladoras de su cuerpo y que despertaba a pájaros, perros, vacas, murciélagos y demás criaturas.

Decía que desde el desenterramiento del feto encontraban sangre coagulada debajo de sus camas.

Decía que, transformada en araña, mi madre se metía en las casas de los dormidos para echar maleficios.

Decía que había matado a mi padre.

Escribo porque espero. Escribir no es como hablar: es estar cerca de Dios. También de la mentira, pero cuando la palabra viva aparece todo lo falso se convierte en verdadero.

Me llamará padre, pero mi nombre es Ernesto.

Mi nombre es Ernesto Aguavil.

Ernesto Aguavil.

La niebla de hoy fue espesa y el sol quedó escondido. A mediodía empezó a paramar y mientras regresaba a la finca volví a ver al cóndor asomándose entre las nubes.

Me puse nervioso:

imaginé una guadaña oscura sobre mi cabeza.

Desde lejos un cóndor puede parecerse a un hombre vestido de luto. El mío desapareció en la neblina, no me dejó verlo más que un par de segundos, pero fue suficiente para hacerme sentir observado por algún mal.

Es extraño que la mente odie
lo que el cuerpo y los sentidos aman.

Su presencia se explica por algún animal muerto en los alrededores.

Una vaca,
una liebre,
un venado.

No está aquí para decirme nada. Sin embargo, siento el aviso desafiando mi inteligencia. Me habla de mi estado de ánimo y de la forma en que percibo la vida estos días.

De la espera, y de la angustia que viene con ella.

Mientras volvía a casa, un búho guarecido en la rama de un árbol llamó mi atención. Le faltaba un ojo y me hizo pensar en una de las criaturas de mi madre. Si estuvieran vivas, como imaginaba de niño, tendrían el aspecto de un animal que ha sobrevivido a una herida mortal. Se verían como ese búho: algo que le ha sido arrancado a la muerte, algo que no debería estar allí.

Se oyeron truenos y me preocupé por Sansón.

Aceleré el paso.

Un perro sensible les teme a las tormentas.
Adivina en el estruendo la presencia divina.
Lo que está afuera no nos dice nada, sino lo de adentro.
Mariana decía que de eso no había escapatoria y tenía razón:
por lo de adentro me alejé de ella y me vine a la montaña. La
niebla, la lluvia, los truenos y el frío son mis hermanos, no el
calor, ni los insectos, ni los reptiles. Yo no podía vivir en los
manglares porque lo interior no me lo permitía.
Ni los colgados,
ni los decapitados,
ni los desmembrados me asustaron.
Solo morir en el calor, entre cangrejos y caimanes.
Cuando llegué a la finca encontré a Sansón junto a la puerta. Pese a los truenos, dormía igual que duermen los niños.

Soñé con el cadáver de un hombre con marcas de herraduras en su pecho. Trataba de decirme algo, pero tenía la boca en la nuca y cada vez que la abría salía de ella un silencio intolerable.

Muchas veces he buscado una foto que me muestre el aspecto real de ese cuerpo pisado por un caballo.

Mi padre.

Los muertos no tienen rostro. Por eso en el mundo de abajo un muerto es igual a cualquiera.

Cuando Noa tenía cinco años le gustaba jugar con las plantas de su madre. Cada planta tenía un nombre y una personalidad y formaba parte de un cuento inventado por ella misma. Una tarde, mientras limpiaba las habitaciones, la escuché gritar y acudí al salón. Allí la encontré llorando, aterrada por lo que era invisible a la vista. Antes de que pudiera preguntarle el motivo de su ansiedad, mi hija se escondió detrás de mí como si mi cuerpo fuera un escudo y hundió su cara en mi espalda. ¡Matilde es una bruja!, dijo señalando el hibisco de Mariana con su dedo. ¡Sus flores son fantasmas! No puedo verla, papi, ¡no puedo!

Al principio me pareció una rareza infantil, pero el proceso mental que transformó a una planta en una bruja me puso nervioso. Mi hija imaginó una historia y esta cobró vida en sus sentimientos. Era mucho más que una simple fantasía: sus emociones hicieron posible una metamorfosis.

Cada vez que mi madre entraba en trance vivía algo similar en su imaginación: el baile y el canto despertaban imágenes dormidas en su cabeza, imágenes que no acontecían en el mundo natural, sino en el del arte.

Noa sabía que el hibisco era una bruja solo para ella, de ahí su terror:

estaba sola con su miedo.

Jugar a creer es el primer paso para el arrebato mágico, decía mi madre.

Yo jamás jugué con ella.

La culpa es un fantasma que abre los ojos por las noches.
Por las mañanas, mis encías sangran.
El fantasma es lento y choca contra mis dientes. Duermo
adolorido y sé que es su esqueleto el que me causa este dolor.
Señor mío, perdóname.
No sé ser un hombre que cuida de lo vivo.
No sé pronunciar la palabra que calma la sed.
A una hija la cincela el viento como si fuera masa fresca,
maleable, lista para adoptar una forma bondadosa o violenta.
Si eres un padre tienes la labor de reconducir el viento.
Ese es tu deber. No puedes tener miedo.
Pero rechacé el trabajo: no cuidé la forma de la arcilla.
Y ahora la forma viene.

Volvía de un paseo con Sansón cuando vi a dos chicas apoyadas en el corral.

No se veían bien. Estaban sucias y una de ellas sangraba.

¿Ernesto Aguavil?, preguntó la que tenía mejor aspecto.

Yo mismo, respondí con una voz que no sonaba a la mía.

Nos quedamos callados.

Con qué facilidad se esconden las palabras detrás de las piedras. Con qué rapidez estas desconocen lo bueno que hay en ti.

Dios mío. Dios mío.

Por unos segundos, no supe cuál de las dos era mi hija.

PARTE III

CON EL RITMO DE LA MAMA

Año 5550, calendario andino

NICOLE

Desmontamos las tiendas de campaña disimulando el cansancio, aunque podíamos verlo en cada uno de nosotros. Necesitábamos comer y aplacar el frío que el páramo nos había introducido en el cuerpo, pero el Poeta casi no nos escuchaba. Según Pam, subir al Altar en esas condiciones iba a ser imposible porque el sendero estaba lleno de lodo y la caminata duraba un día.

Tenemos que comer antes, dijo, a la mierda con el ayuno, ¡a la mierda!, o comemos o no vamos a ninguna parte.

Esa mañana miré al Chimborazo como si fuera mi enemigo, como si el volcán nos estuviera empujando a otro más lejano todavía y nos animara a seguir pese a que lo mejor era renunciar.

No vayamos con ellos, le dije a Noa por lo bajo, saltémonos el Inti Raymi.

Tenía el viento metido en la oreja y mientras nos alejábamos silbaba rabioso, no sé si en el exterior o en el interior de mi propia cabeza. El silbido me acompañó y juntos dejamos la tierra árida y pedregosa, las chuquiraguas y las almohadillas, y entramos en los pajonales como en el pelo de un dios dormido.

Habrá que descansar un poco o no vamos a jalar, dijo Fabio.

Pedro y Carla insistieron en que debíamos hacerlo en Riobamba. Al principio el Poeta se negó porque quería que llegáramos a tiempo al Valle de Collanes, la antesala del Altar y de su Laguna Amarilla. Nos explicó que el primer paso era ir a la Hacienda Releche, en La Candelaria, para empezar la andadura de siete horas por un camino de fango hasta el sitio de acampada en el valle. Allí dormiríamos y, a la mañana siguiente, iniciaríamos el ascenso al Altar, que tomaría otras dos horas como mínimo.

Lo importante, mis runas, es que no nos agarre la noche, dijo el Poeta, porque si la noche nos agarra estamos jodidos.

Nadie iba a subir el volcán sin comer, ni siquiera Mario que, después de Noa, era el que peor se alimentaba del grupo. Le insistimos tanto al Poeta que nos detuviéramos en Riobamba a desayunar que acabó cediendo.

Solo una hora, dijo, y se bebió una punta.

Algunas veces Pantaguano no aparentaba estar borracho, pero lo estaba. Todos los días, mañana, tarde y noche, bebía.

Más allá, a veinte minutos del Chimborazo, estaba el camino en donde debíamos esperar a que nos recogieran. Nos quedamos sentados y vimos pasar unas llamas que ni siquiera nos miraron. En voz baja le repetí a Noa que podíamos ir directamente donde su padre, despedirnos de aquel grupo que no conocíamos bien y saltarnos el Inti Raymi, pero ella siguió ignorando mis consejos. Había algo en la atmósfera, una sensación de riesgo y de exposición que no se me quitaba de encima. Me preocupaban los cambios en Noa, pero no solo los de ella sino los míos propios. No estábamos bien y siempre habíamos estado bien juntas. Siempre habíamos conseguido entendernos y evadir el dolor de la tierra tragándose a la gente. Esa visión nos unía y, en los tiempos de mayor horror, bailábamos para ganarle al miedo, pero en el festival ella aprendió a hablar el lenguaje del desvarío como si quisiera encontrar un sol en la niebla. Apenas nos dirigíamos la palabra porque no teníamos nada que decirnos. La soledad es no tener nada que decirles a las personas que quieres.

Era de madrugada cuando una furgoneta nos recogió. En ella iban las cantoras y dos personas más que no se presentaron, pero que llevaban puestas las máscaras del Diabluma y cantaban con la radio «La venada». El Poeta repasó el plan:

desayunaríamos en Riobamba, nos haríamos con los víveres indispensables y viajaríamos hasta la Hacienda Releche para comenzar la ruta senderista. Los Diablumas nos recomendaron comprar unas botas de caucho por el abundante lodo del camino.

A veces se te hunde la pierna hasta la rodilla, dijo uno, es tenaz.

La fiebre de Noa había desaparecido, pero seguía viéndose enferma y a mí me chorreaban mocos que me apuraba a limpiar con la manga de la chompa.

En la carretera vimos militares armados y una patrulla nos detuvo, nos revisó y nos dejó ir. Pasamos miedo, especialmente cuando el militar que cacheó a Adriana y a Pam las tocó de más y les preguntó si se querían ir con él. Ellas no dijeron nada y nosotros tampoco. Mantuvimos la calma porque eso era lo único que podía hacerse ante un militar con un fusil de asalto. La chica que manejaba la furgoneta nos contó que esos últimos días había habido una masacre con casi doscientos asesinados en las principales penitenciarías del país.

Mataron a un narco, dijo, uno de los importantes. Entonces lanzaron bombas hasta en la capital y hay muertos por donde mires.

Cuando Noa y yo nos fuimos de Guayaquil, el número de asesinatos diarios ya estaba en ascenso. En una semana mataron a ochenta y ocho personas y en lo que iba del año a tres mil. Al lado de nuestro barrio un hombre usó a un niño como escudo para protegerse en una balacera: minutos después, en la esquina opuesta de la ciudad, acribillaron a una mujer y más tarde a un policía y, al día siguiente, dos chicas encontraron la cabeza de un hombre flotando en el Canal de la Muerte.

Acá ya es costumbre ver muertos, dijo en la televisión un señor que vivía cerca del canal, siempre aparecen y los vienen a recoger.

Nosotras hacíamos la vida lo mejor que podíamos, aunque a veces sacábamos de la tragedia un estímulo extraño. Por ejemplo, la noche que conocí a Noa vimos un cadáver y luego nos fuimos a bailar. Teníamos doce años: un amigo nos presentó y nos llevó a ver la grieta de terremoto más grande del barrio.

Les va a encantar, nos dijo, es enorme.

Entramos a un parque con farolas y bancas oxidadas donde la maleza había cubierto gran parte del cemento. Dimos con la grieta, solo que en uno de sus bordes nos esperaba un bulto que fue tomando la forma de un cuerpo decapitado. Nadie gritó ni habló. El cuerpo parecía un muñeco de trapo y apenas olía, por lo que entendimos que no llevaba mucho tiempo allí. La memoria tiene mecanismos complejos: era el cuerpo de un hombre, pero si cierro los ojos soy incapaz de verlo con claridad. No veo ni su ropa, ni sus manos, ni sus zapatos, ni su herida, lo único que recuerdo es el tamaño de la grieta dibujando un rayo oscuro en el suelo.

Noa se puso triste y nuestro amigo pateó el cadáver hasta que resbaló al interior de la hendidura.

¿Qué haces?, le pregunté.

No sé.

Ni siquiera pensamos en llamar a la policía. Huimos a una fiesta cercana y Noa me dijo: hay que bailar para librarnos del peso del muerto. Sí, le dije yo, bailando haremos flotar al espíritu del cuerpo sin cabeza. Era una broma, pero ella tomó mi mano y nos movimos como si tuviéramos el poder de levantar un cadáver con la mente. Bajamos y subimos los brazos, hicimos muecas y expresiones que pretendían recrear un ritual y, entre el humo de la fiesta, fuimos jóvenes porque nos atrevimos a quitarle el peso a la muerte.

Las horas pasaron así, celebrando al ritmo de una música que nos gritaba que éramos lo opuesto a un muerto y que en eso consistía nuestro gozo.

Desde entonces la guerra había empeorado. En el Ruido jugamos a olvidarla, pero ya no estábamos en el festival para aislarnos del mundo. Vimos tanques militares y en la radio una mujer con voz chillona dijo que zonas de Guayaquil y Manta permanecían en llamas, que Esmeraldas era una ciudad sitiada y que en Quito había revueltas. La escuchamos un rato hasta que el Poeta cambió la emisora y yo pensé que nada cambiaría nunca: que siempre tendríamos miedo de los narcos, de los militares, de los policías, de las autodefensas barriales, de la pobreza, de la impunidad, de la indiferencia, de las erupciones volcánicas, de los terremotos y de las inundaciones, es decir, del cielo y de la tierra por igual. Siempre tendríamos miedo y no habría ningún sitio a dónde ir porque ni las ciudades, ni los pueblos, ni el páramo, ni la selva, ni el océano eran seguros. En cualquier esquina salpicaba la sangre y los que participaban en las autodefensas, los que se creían buenas personas como la mamá de Noa o como mis propios padres, limpiaban sus pistolas y entrenaban a sus perros para que mordieran a la gente. El mal está en los otros, pensaban, en el crimen organizado, en el derretimiento del hielo de los volcanes, en la furia de las placas tectónicas y en la subida del mar.

Hay que matarlos, decía mi madre cuando arrojaban cadáveres en el parque. Hay que matarlos a todos.

Noa y yo subimos la cordillera para recordar que tenía que haber algo más en la vida que la muerte. Tenía que haber algo distinto a los cuerpos pudriéndose en las calles y en las casas, algo que nos permitiera refugiarnos de lo que el terror y la crueldad estaban haciendo con nosotras. Subimos para conmovernos y encontrar esperanza en el placer, pero el Ruido nos trajo una música violenta que seguía imponiéndonos su ritmo.

Estar a salvo no es vivir, dijo Mario señalando el cielo oscurecido por una gigantesca nube negra. Entonces oí cómo la conductora le decía al Poeta que la mama Tungurahua había estallado el día anterior.

No jodas que nos va a caer encima la ceniza de la mama, dijo Fabio.

Tranquilos, mis runas, nos dijo el Poeta, tranquilos.

Hubo cosas extrañas desde que nos montamos en la furgoneta. Para empezar, los Diablumas no se presentaron con sus verdaderos nombres: somos Aya Umas, dijeron, y la conductora nos dijo que se llamaba Diabluma Tres. También me sorprendió ver a las cantoras allí, tratando al Poeta como si fueran sus amigas cuando en el festival jamás demostraron ser cercanas a él. Durante el trayecto los Diablumas hablaron del trance musical utilizando las mismas exactas palabras y, cuando Adriana sacó el tema de los desaparecidos, le respondieron que sabían dónde encontrarlos y que se lo contarían después.

A mí me da que ellos son los desaparecidos, me susurró Pam, y yo no quise creerle.

Llegamos a Riobamba a las ocho de la mañana, pero parecía de noche. Las cenizas no solían hacer eso en Guayaquil, a duras penas alcanzaban a nublar el cielo y a darle la textura del vientre de un lagarto.

Las tormentas solares influyen en los varamientos de ballenas y las lunas nuevas en los terremotos, dijo el Poeta. Por eso la mama está así: porque el Inti Raymi se acerca.

Desayunamos en un lugar angosto en el que entraban cuatro mesas. Nos atendió una mujer coja que se veía enojada, pero al final solo estaba nerviosa porque no acababa de hacerse de día y los militares andaban paseándose por las calles. Afuera el asfalto estaba lleno de polvo y Mario y Adriana salieron a jugar en la falsa noche de la mama.

Dicen que hay muertos por la erupción, contó la Diabluma Tres. Dicen que el sonido del volcán fue terrible.

Noa comió y al menos eso me dio alivio. Ya no sabía qué decirle para que volviera a ser la de antes y me molestaba la manera en la que los demás la trataban: como si vieran en ella una revelación y no una impostura.

El Poeta aprovechó el desayuno para soltarnos uno de sus discursos espontáneos. Habló sobre el proceso de interrogar imágenes oníricas, sobre la invención del futuro y de un cuerpo resistente a las catástrofes a través del canto. Un cuerpo de músico-yachak, poeta-yachak, bailarín-yachak, que supiera caminar hacia la muerte con deseo y que resucitara igual que en los mitos antiguos. Su grandilocuencia era insoportable:

decía cosas que mezclaban política, neochamanismo y religión y que no tenían sentido. Se lo dije a Carla en voz baja y ella me respondió que la poesía era el único espacio en donde todo podía mezclarse. Me dijo: es una forma distinta de pensar, por eso en un mismo verso cabe la historia de la ciencia y la de la fe, la de la astronomía y la de la espeleología, la del arte y la de la guerra.

Muchas cosas me separaban del grupo, pero lo que más nos distanciaba era que yo no veía al Poeta como un poeta, sino como un charlatán. Lo importante es la voz, dijo él. Es cuando cantamos que somos mejores. Es cuando cantamos que vencemos a la muerte.

Nos contó que en su pueblo la poesía se cantaba y que los primeros versos escritos que leyó en su vida fueron los de Efraín Jara Idrovo. También que la primera vez que lloró con un poema fue leyéndolo y no escuchándolo, que la poesía oral solo le había despertado alegría, nunca dolor.

Ahí fue que me enteré de una cosa, mis runas, nos dijo con la boca llena de pan: que un poema es una invocación, que la poesía pide ser cantada y que los poemas guardan voces que vienen del paraíso perdido en nosotros mismos.

Recuerdo que esa mañana las cantoras admitieron comer pájaros para quedarse con sus cantos: si te los tragas te sale un canto bello, dijo una de ellas. Pero la voz que atrae a los espíritus no es bella, agregó otra: es algo más.

Mirar demasiado al fondo de uno mismo produce un desequilibrio. Yo intenté explicarle a Noa que su crisis no tenía nada que ver con la música ni con lo que el Poeta o las cantoras le contaban, sino con la necesidad de volver a ver a su padre.

El padre es el primer enemigo, le dijo Pam: todo lo que matamos se convierte en padre, pero ella no la escuchó.

Noa y yo dejamos de hablarnos solo una vez antes del Ruido, cuando ella quiso meterse en un coro evangélico. Frente al parque de nuestro barrio, en donde las narcobandas arrojaban los cadáveres, se formó un grupo liderado por un pastor que hablaba en un tono parecido al del Poeta y que usaba un chaleco antibalas. Era un hombre joven que tenía un tatuaje en la nuca y que siempre estaba rodeado de chicas rezando o cantando para él.

¿Dónde está Dios, mi hacedor, que da cánticos en la noche?, cantaban. Este es un lamento y las hijas de las naciones lo entonarán.

Noa y yo pasábamos a veces junto a la casa en la que se reunían y oíamos al coro por poco tiempo, quizás un minuto o dos, hasta que doblábamos la esquina de la calle y sus voces se apagaban.

Una de esas tardes Noa me propuso que nos uniéramos al coro. ¿Y si cantamos con ellos?, me preguntó, y yo me molesté: seguro que te lavan la cabeza con Dios aquí y Dios allá, le respondí, seguro que te convencen de ir a la iglesia. Noa me contó que le gustaba que el coro cantara mirando al cielo, que pusieran sus ganas de aliviarse en la música, que sus cantos tuvieran el ritmo del merengue. Entonces hice algo odioso: empecé a burlarme del pastor y de las chicas que cantaban con él. Dije que quienes creían en la salvación en medio de desastres naturales y de matanzas eran ingenuos. Dije que en lugar de mirar al lado, esa gente miraba arriba, y que por eso era capaz de las cosas más atroces: porque le encontraba un fin último al sufrimiento y lo dotaba de sentido, porque hacía como que todo iba a estar bien.

Y nada va a estar bien, le dije a Noa, si no mira cómo el parque se llena de muertos y mira a tu padre, que creyendo en Dios igual te abandonó.

No sé por qué le dije eso. No sé por qué a veces les hacemos daño a las personas que queremos. Noa no era creyente, aunque llevaba colgada al cuello una cruz de plata que su padre olvidó en su escritorio. Recuerdo que me miró con decepción: nadie me conocía como ella, de esa forma tan profunda que te da una amistad nacida y crecida en un territorio deshecho. Pasó una semana entera sin hablarme y yo lloré todas las noches, pero descubrí que, a pesar de quererla, a menudo le decía cosas malintencionadas porque la envidiaba. Porque hubiera preferido que mi padre se fuera, como el suyo, antes que se quedara de la manera en que lo hizo: roto por la violencia y el desempleo, emborrachándose desde temprano para terminar el día desvanecido sobre su propia orina y vómito. Es tonto pensar que dos dolores pueden ser colocados en una balanza o que alguien puede determinar qué herida es mejor que otra. No hay herida que sea mejor y cualquier daño echa raíces dentro de nosotros. Un padre puede hacernos mal tanto yéndose como quedándose: mi envidia era injusta, aunque supongo que toda envidia lo es.

Noa acabó perdonándome, pero al pastor lo mataron en un barrio al norte de la ciudad y el coro se disolvió. No hablamos de su muerte como tampoco hablamos del decapitado ni de los muertos en el parque ni de nuestra primera pelea. Seguí calmándola durante los terremotos o cuando la ciudad se inundó por las lluvias y los cocodrilos del estero se atrevieron a salir. En horas de balaceras nos cubrimos los oídos y dibujamos alrededor de las grietas y de los agujeros de las balas. Todos necesitamos una familia. Una familia te hace compañía cuando el pasado es un decapitado y el futuro un niño con una pistola, pero nosotras ya no nos acompañábamos.

Al salir del local encontramos una tienda abierta y compramos botas y algo de comida. La abundante ceniza de la mama caía sobre las calles y una decena de personas admiraba el fenómeno desde las ventanas de sus casas. Mario y Adriana continuaban afuera, bailando y jugando con el polvo gris, y cuando nadie nos miró yo volví a sugerirle a Noa que nos olvidáramos del Inti Raymi.

Vete tú, si quieres, me dijo ella.

Ninguna persona del grupo me inspiraba confianza. Por eso le dije que nos fuéramos a ver a su padre ya, aunque yo tampoco quería ver a ese señor. Lo que quería era escapar, pero escapar no era un sitio en donde poder quedarse. La huida va hacia lo incierto como la yeguada bajo la tormenta: si uno quiere sobrevivir debe encontrar un refugio, un punto en el que guarecerse.

Nada cambiará, pensé, tendremos miedo toda la vida y punto.

La visión de la ciudad era apocalíptica. Noa y yo nos trepamos a la furgoneta y esperamos a que llegaran los demás mirando por las ventanas. Los Diablumas y la Diabluma Tres ya estaban adentro, pusieron música y yo me sentí incómoda, como si el festival me hubiese vuelto demasiado sensible a las canciones.

Mira, me dijo Noa señalando el final de la calle y, abriéndose paso entre las cenizas, vi a tres enmascarados: dos Diablos Sonajeros y un Sacha Runa que daban saltos como las figuras insumisas que eran. Sus máscaras me parecieron aterradoras, pero desde el interior de la furgoneta los Diablumas los vitorearon y yo sentí que si el sol no salía pronto iba a enloquecer.

Noa me apretó la mano de la emoción.

La música siguió sonando.

MARIO

La Adriana y yo bailamos sobre las cenizas de la mama. Bailamos y empujamos nomás el polvo con los pies. Un cataclismo interior es el baile: el corazón cambia, se anima el músculo. Inspirados estuvimos con el ritmo asustador de la pacha. Zapateamos durísimo en la calle. Del cuerpo salen movimientos nuevos si se lo hace bailar en la negrura. Sale lo que la mama quiere, el festejo de lo que mata y fertiliza el mundo. La vida y la muerte, pues: en la montaña y en el agua.

La Adriana bailó chuchaqui, pero ni lo parecía. Se tomó una punta en el desayuno y enseguida me dijo: ¡bailémosle duro a la mama! Un baile bueno te eleva, un baile malo te expande. Es mejor un baile malo que uno bueno porque ahí descubres lo verdaderamente tuyo, lo que ni siquiera podías ver antes de tomar el riesgo. Yo bailé mal sobre la tierra destrozada, eso es lo que nadie osó mirar: lo mío, lo que sembró la fiesta antes del fin.

Nosotros desconocíamos lo que iba a suceder en El Altar, solo lo intuíamos. El Poeta nos prometió danza, música y poesía en la montaña helada. Nos prometió una experiencia sin tiempo y nosotros fuimos con él para continuar lo que empezamos en el Ruido. Teníamos sed de purito canto y de purito baile. El cuerpo se convierte en brújula cuando quiere: a algún sitio teníamos que ir con semejantes ganas, solo que no sabíamos dónde. El país se desmoronaba, en cambio la caldera del Altar ya estaba derrumbada y daba gusto verla así. Hay belleza en lo caído, dicen, belleza en lo ruinoso.

Riobamba ni se movía del pavor, toditas las ciudades estaban enfermas de tanto espanto.

Allí estuvimos la Adriana y yo bailando en la ceniza de la mama hasta que aparecieron dos Diablos Sonajeros y un Sacha Runa. Yo los vi: sus máscaras me contentaron. Eran el Julián, el Poeta y el Fabio. Venían salta que salta, brinca que brinca. La Adriana les dijo que esas máscaras eran para el Pase del Niño, no para el Inti Raymi, pero el Poeta se rio de ella. ¿Y eso qué importa?, le contestó. Ñawpa pachapi.

Éramos varios los enmascarados. Nos lideraba el Poeta, su voz se hacía sentir. El poder de su palabra, digo, de lo que él se ponía a contar. En la radio de la furgoneta dijeron que la gente protestaba fuerte por los muertos. Que había bombas e inmolados. Ruedan cabezas en las cárceles y en las calles, dijo la señora de la radio, y el Poeta nos contó una cosa fea. Contó que vio a un hombre prendiéndose fuego frente a la Corte Nacional de Justicia hacía tiempo. Que le pareció horroroso, dijo, hasta que vio a un perro llevando un brazo que sacó de la basura.

Eso sí fue horroroso, mis runas, nos dijo. Aprendan esto: para el horror no hay un fondo.

Nubes oscuras de volcán nos acompañaron, solo que el sol se asomó de a poco. Ver la luz nos alegró. Callados íbamos y oyendo la radio, pero la Pamela se puso pálida y tuvimos que parar para que vomitara.

Ya está, ya está, le repitió el Fabio agarrándole el pelo.

Más veces hubo que parar porque ella se mareaba harto. Ni bien arrancaba el motor y ya la Pamela se agachaba y cerraba los ojos. Varios Diablumas salieron de la furgoneta a bailar en la carretera. Yo no salí, pero me puse mi máscara. Preferí quedarme a escuchar al Poeta hablando en kichwa con las cantoras. Todos nos quedábamos menos la Pamela que vomitaba, el Fabio que la ayudaba y los Diablumas que salían a zapatear en la ceniza de la mama.

Si me preguntan, yo digo que fue la voz del Poeta la que nos endiabló. Él dijo que el canto era la vuelta al Edén, y así iba con su labia hablándonos de la esperanza.

Desde el comienzo, mis runas, los paleoindios unieron la voz al aliento de la vida en el cuerpo. Tener voz es estar vivito y coleando, y estar vivo es deleitarse y sufrir. Porque sufrimos y nos deleitamos es que cantamos.

Cuando el Poeta hablaba le salía fuego del hocico. Igualito que a las cantoras, a él se le mezclaba toditito el mundo en la voz.

Hay que escuchar, mis bros, nos decía: un músico recupera el oído del paraíso y crea una nueva escucha frente a la furia y a la devastación.

Llenito teníamos el cuerpo de su palabrerío gozoso. Nadie quería cerrar los oídos al Poeta. Oyéndolo uno pensaba que algo milagroso y salvador había en la música. Un descanso, pues, una salida, nomás que difícil de encontrar. Él bebía harto. Leía y escribía harto. Recitaba en voz alta. Cantaba sus poemas. Iba siempre con un libro, con uno solo siempre. A mi diablo hasta lo hizo llorar por su ojo negro cuando le dijo: tú te escondes detrás de los párpados, Diabluma de los temblores. Baila duro sobre la tierra y la música irá contigo.

Atravesar la carretera fue trabajoso. Había grietas en el asfalto por los terremotos, baches hondos y anchos. Pasamos vacas, toros, alpacas, gallos y gallinas. Un hombre ensangrentado nos pidió ayuda en el camino, solo que no paramos.

Esta vía es muy peligrosa y no hay cómo saber si ese man está herido de verdad, dijo el Poeta, hay que seguir.

Me sentí mal por ese hombre, aunque mía no fue la decisión de desconfiar. El Poeta y sus compas controlaban la furgoneta, adentro se hacía lo que ellos mandaban. Nosotros no los cuestionamos, nomás los seguimos como borregos. Para entonces Noa ya se comportaba raramente. Hablaba poco e igualito que el yachak, pero torcido. Es bien sabido que lo que no se va, se arraiga dentro de uno. Yo se lo comenté al Pedro de valiente. Le dije: ella nos puso la yegua en el ojo. Fue su voz fingiendo relinchos día y noche. Su voz escondiéndose y mostrándose de repente.

Cantar una pesadilla es volverla sueño, dijo el Poeta mirando a la Noa.

La voz del Poeta arrastraba cabezas de diablo como la mía, le echaba las riendas y la sacaba a pasear. La Noa estaba recién aprendiendo. Éramos toros y ella chagra. Éramos Diablumas y ella el sol.

A la Nicole yo la vi triste y le pregunté: ¿por qué la pena? Viajaba con nosotros por seguir a su amiga. Si hubiera bailado, no habría andado con tanta penuria. Cuando el cuerpo baila no siente dolor, por eso la fiesta se arma encima de la muerte. Una cabeza endiablada siente el corazón del universo. Pega la oreja y oye el pecho de la tierra. El éxtasis es despertar el oído, a eso íbamos al Altar: a encontrar un amor fuerte por el futuro. No poseíamos nada, pero el amor resucita. El baile resucita.

La música destruye y revive el alma, decía el Poeta.

Aprendiditos se tenía unos versos y los cantó en el camino, unos sobre una flauta que se quejaba de haber sido cortada del cañaveral. La flauta se lamentaba de la separación. Desgarrada estaba, sola con su sonido. Decía: quien es arrancado de su origen anhela el instante de la unión. Solo que una flauta canta porque ha sido alejada de la naturaleza. Es la pérdida lo que la hace cantar. Entonces el Fabio recordó la historia del manchay puyto. Un instrumento hecho con un cántaro de barro y una quena atravesada era ese. Dicen que al manchay puyto lo inventó un hombre usando las tibias de una warmi. Dicen que por eso una música penosa sale del manchay puyto, una música fúnebre. La caja ronca del Fabio tenía otra leyenda: dos niños se encontraron una procesión de muertos. La procesión llevaba la caja ronca, el instrumento favorito de la muerte. Criaturas flotaban junto al instrumento, cuentan, criaturas con cuernos de toro y dientes de lobo. Los niños se desmayaron nomás del susto y amanecieron con huesitos de muertos entre las manos. De eso hablamos: de que la música y el baile salen del más allá para devolvernos las ganas de vivir. Sin la pérdida no habría nada sonando ni nada bailando. Ciegos estaríamos si no sufriéramos. Ciegos y sordos.

Al llegar a la hacienda comenzó a bajar una neblina tosca. La Pamela se encontró mejor y anduvo emocionada otra vez con subir a la laguna. Los Diablos Sonajeros le saltaron alrededor. Mi música moverá el volcán, nos dijo. Ya van a ver. Nos animamos con ella. La luz de la mañana estaba floja y la ceniza caía como aguacero. Tres amigos del Poeta nos esperaban al inicio del camino con sus máscaras de Diabluma puestas. Llevábamos tambores, guitarras, pingullos, sonajas y rondadores. Una de las cantoras cargaba una quijada de burro, las otras chajchas en las muñecas.

Uy, con tanta cosa encima se van a cansar, nos dijo la señora de la hacienda: es pesado el camino, es lodoso y bien largo, no vayan así, pero no le hicimos caso. Uno nunca le hace caso a lo que debería. Uno quiere equivocarse para tener algo que contar, para bailarle encima al error.

Y al error le bailamos.

CANTORAS

Todas las montañas tienen sexo

Los volcanes cuentan historias de amor, ay, ellos tienen voces ardientes. Sus sexos son cuevas abiertas a la noche. Cuevas de oso, cuevas de lobo. Cantan las cuevas a la noche abierta, ¿las oyes?, es un secreto: las montañas derraman agua, derraman fuego. Un volcán ama solo a otro volcán, pero el Chimborazo a las warmis bonitas las embaraza. Ellas gimen en las laderas. Gritan que el sexo es una piedra, que el sexo es humedad. Late hondo el deseo en el cráter y en el tiempo. Late hondo, late hondo. Los animales corren hambrientos encima de las montañas enamoradas. Entran desafiantes en sus sexos, los muerden. El deseo de las cumbres canta que el amor existe, el amor existe. La mama Tungurahua piensa como una nube, vuela alto su pensamiento negro hacia su amante y lo toca, lo besa. Vuela lejos el polvo de su ardor y excita a la nieve. Con fuego y piedras ama el volcán: ama con el viento. ¿Lo oyes? Su pensamiento vuela. Es de temer el amor duro de las montañas. La mama al Cotopaxi amó, al Chimborazo amó. Su wawa es el Pichincha y si el wawa llora ella se estremece. Los volcanes cuentan historias de amor, ay, ellos tienen voces ardientes. La mama al Altar amó y el Cotopaxi apagó su fuego. Qué cerca está el amor de la destrucción. Qué cerca está el amor de la pérdida. En sus laderas la mama cría ciervos y truenos, pájaros y roedores. Crece su ardor en el tiempo, las cuevas se abren y llenan el mundo con su orgasmo rojo: lo que brilla no tiene sombra. Escucha esta verdad: lo que brilla no tiene sombra. El fuego es el instinto, es una canción sin tiempo y el fuego es el delirio. La montaña y su sexo cantan que el amor es una música violenta, una música que quema. Su orgasmo es rojo. Amar es estar lejos de lo que se ama, escucha esta verdad. ¿Qué es el amor? La voz es. ¿Qué es el amor? La falta es. ¿Qué es el amor? La pérdida es. La ceniza es. Ámala: ama la ceniza negra de la mama que canta. El amor existe, el amor existe.

PAMELA

No sé si se conoce que, además de mago, Aleister Crowley ascendió montañas y volcanes para sacar del submundo el poder majestuoso de los Apus, o sea que estaba desquiciado por las alturas, enloquecido de pasión por las cumbres igual que Humboldt y que Dr. Atl, ese pintor mexicano que se llamaba a sí mismo «partero de volcanes» porque vio el nacimiento del Paricutín, el volcán más joven del continente. Las montañas son poderosísimas y por eso Los Jaivas montaron conciertos en valles altos como en Machu Picchu: tocaron y cantaron en los parajes en donde se origina la música, espacios que guardan los sonidos que la interpretación mágica pide para expandirse. Nosotros nos tragamos todo el viento con tal de hacer música frente a un cráter repleto de agua, un volcán extinto, una catedral de la naturaleza en ruinas, ¿cachas?, no era cualquier ruta ni cualquier viaje, sino una odisea en la que había que ser valientes para aguantar el cansancio porque de eso hubo mucho. Era cansado subir la cuesta y que cada paso fuera minúsculo, un pasito de bebé, un pasito de mierda que no te llevaba a ningún sitio, y después alcanzar el camino de lodo negro y que se te hundieran las botas hasta la pantorrilla: sacar una pierna y que enseguida se te perdiera la otra en el fango, tenaz, y aunque te ayudaras con un palo grande también se te hundía el palo porque el sendero estaba pantanosísimo y parecía que podría tragarte. Fue súper difícil, súper agotador, pero la recompensa era El Altar y sus nueve picos, el trance extático en la nieve y en la roca divina: no había otro lugar capaz de inspirar la música que buscábamos mejor que ese, un volcán devastado pero bello, bello y gigante, como yo, y eso hizo que sacáramos fuerzas para avanzar en el fango infinito que nos tragaba. Hasta Fabio se cayó y se embarró full, era imposible subir y yo lo logré apoyándome en mi corazoncito primitivo, en mi hije revoltoso que se meció tranquilo mientras subíamos la montaña. Nadie viajaba al Altar llevando adentro dos corazones, solo yo iba con uno completo y otro incompleto, y me alegró pensar que ese sería nuestro último viaje juntos, que viviríamos una experiencia magnífica unidos en la misma carne antes del fin. Estaba segura de que nuestros latidos se convertirían en los golpes del tambor y se lo conté a mi hije: vas a creer que es el instrumento, pero en realidad será tu corazón el que hará la música, esto ocurrirá, te lo prometo, y luego dejarás de existir y yo te recordaré como un proceso biológico extraño, como el peso de llevar dos corazones o de hacer de la nada un nuevo corazón. Le dije: ojalá poder despedirte con un canto y que te vayas de mí acompañado por una música que suene a tus latidos. También le recomendé a Noa que no le temiera a su propia voz, que la escuchara, que permitiera que las canciones entraran en ella y que alumbraran lo que tuvieran que alumbrar. Y si tu voz te sume en la tiniebla, le dije, no pasa nada: la tiniebla es tibia y líquida, es el útero y la tierra a la que volveremos, es la vasija de barro donde enterraban a los incas, y le canté la canción que unos poetas escribieron después de ver una pintura de Guayasamín llamada *El origen*: un tema hermoso, hermoso, en donde alguien pide que le entierren en una vasija de barro, es decir, en el vientre materno.

Y mientras nosotros luchábamos contra el lodo yo canté para mis adentros esa canción, la canté para mi hije y pensé que las profecías están hechas para ser cantadas: necesitan del sonido para elevarse o para descender y penetrar el hueso del mundo. Caminando el sendero buscamos desesperadamente las zonas más firmes en donde pisar y eso nos retrasó, el no querer enfangarnos hasta las rodillas o atascarnos o lastimarnos y que fuera imposible salir de allí como en una película en la que todo lo que puede ir mal va mal, pero en la que alguien siempre prevalece, y yo iba a prevalecer, yo tenía dos corazones y la altitud no me atemorizaba: me alentaba y me impulsaba a seguir. Al Poeta, los Diablumas y las cantoras les costaba mucho menos que a nosotros porque conocían el camino y lo habían hecho varias veces, así que una hora después dejamos de verlos pero no nos preocupamos, no: era mejor que tomaran la delantera y que montaran las carpas antes de que nos alcanzara la noche. La ruta duraba siete horas mínimo adentrándonos en la zona oriental de la cordillera, siete horas si ibas rápido, claro, pero nosotros íbamos lento, muy lento, sobre todo Noa y Nicole, y nos detuvimos a beber de los arroyos más veces de lo que me hubiera gustado a mí, que quería llegar pronto y salvarme de la oscuridad. La neblina nos impidió ver gran cosa, solo un par de ranas y un zorro triste, solo plantas muy verdes y muy mojadas, y para seguir había que recordar que detrás de esa niebla tupida nos esperaba El Altar y que subir una montaña es una batalla de la cabeza. Había que estar convencido de lo que se hacía y yo lo estaba, yo subí a dejarme matar o a encontrar una guarida, una de dos, y eso me dio fuerzas: pensar que yo misma era una vasija de barro conteniendo la vida y la muerte de mi hije. Animé a los otros a seguir, claro, animé a Carla y a Pedro que no querían dejar atrás a Noa y a Nicole, animé a Mario, a Adriana y a Julián que se impresionaron viendo cómo la niebla se abrió para mostrarnos los picos nevados a lo lejos. Nada podía compararse a esa visión, nada. Comimos un poco y yo le canté al grupo «Canción del sur» de Los Jaivas con la intención de que se volvieran a alegrar, pero eran más débiles que yo, no tenían dos corazones que los motivaran, así que les dije la verdad: amigos, subir una montaña es una batalla de la mente, ya sé que está tenaz, ya sé, pero la plena es que si no llegamos al área de campamento antes de que se ponga el sol nos va a agarrar la tuta en este lodazal y ahí sí que nos vamos a ir a a verga, no: a la reverga, ¿cachan? Ahí sí que no veremos ni mierda y el aire se pondrá más frío y nos caeremos y mataremos, o sea que esto es de vida o muerte, o sea que si quieren vivir tienen que caminar más rápido. Fabio, Adriana, Mario y Julián me siguieron el ritmo, pero los otros no: iban a paso de tortuga y se quedaron metros atrás aunque podíamos verlos si girábamos la cabeza. A veces Fabio tocaba su caja ronca y el chiste le duraba poco porque tenía que concentrarse en el sendero que era verde y negro y gris y traicionero, súper engañoso, no se podía confiar ni un instante en esa tierra. Yo miré el abismo y los valles y las piedras e imaginé un órgano de viento construido en la montaña similar al de olas que existe en la bahía de San Francisco, ese que suena cada vez que el mar golpea contra los extremos de unos tubos de hormigón. Quién no querría algo así de maravilloso, así de perfecto: una escultura sonora hecha de piedra en la misma montaña, como los volcanes que son enormes instrumentos de viento y que suenan incluso cuando duermen, solo que en una frecuencia demasiado baja para ser oída. Ni la niebla ni el frío borraron de mí estas imágenes: a Scriabin tocando frente al Himalaya y a Los Jaivas en las ruinas de Machu Picchu. Caminamos durante horas por descensos y quebradas y la luz empezó a acobardarse sin que hubiéramos alcanzado aún al Poeta ni a los Diablumas ni a las cantoras, y nos desesperamos, obvio, así que Fabio, Adriana, Mario, Julián y yo aceleramos el paso hasta llegar al Valle de Collanes cuando la sombra ya casi se había comido las enormes paredes de roca, los barrancos y los riachuelos. Llegamos muertos y, aunque nos quedaba una hora de caminata, ya teníamos los pies bien puestos en el valle y eso quería decir que a lo mejor sobrevivíamos, que a lo mejor no acabábamos hundidos en el lodo de la noche negrísima del volcán. Fue un alivio tremendo sentir la música viva en mi pecho y en mi vientre, el pulso del ascenso orquestado por mis dos corazones y saber que estábamos a salvo, que no nos caeríamos ni nos romperíamos la cabeza. Volteamos para compartir la alegría con los que se habían quedado atrás, para saltar con ellos y celebrar que nos habíamos escapado del peligro de caminar en lo oscuro, pero nos dimos cuenta de que no estaban y, por más que gritamos y gritamos sus nombres, ¡Noa!, ¡Nicole!, ¡Carla!, ¡Pedro!, nadie nos respondió.

PEDRO

Cayó la noche y estábamos todavía en el sendero. La sombra era compacta, una pupila de gigante a la que entramos porque no había otra manera de salir. Fue culpa de la niebla que tapaba la luna: la respiramos e incluso en los pulmones parecía eterna. Tomé la mano de Carla y ella apretó la mía mientras tratamos de caminar sin hundirnos en el fango. Teníamos cerca a Noa y a Nicole, aunque apenas podíamos verlas. Solo juntos se sobrevive, es cierto. Pam, Fabio, Mario, Adriana y Julián ya no estaban con nosotros, de modo que nos juntamos más y las piedras de la montaña lanzaron sonidos nocturnos. La noche es más sonora que el día o mis oídos oyen mejor cuando no puedo ver. Estábamos asustados pero nadie lo expresó, ni siquiera hablamos, pusimos toda nuestra atención en el camino de herradura y en sus partes acuáticas. Lo normal habría sido alcanzar el Valle de Collanes antes del crepúsculo porque, una vez que se pone el sol, el frío se mete en el cuerpo y no se ven ni las quebradas ni los barrancos. Es peligroso andar en la tiniebla, mucha gente resbala y muere cuando los agarra la noche. Teníamos que seguir moviéndonos, así que lo hicimos tan rápido como la tierra mojada nos dejó. El cansancio era desesperante y las piernas nos dolían por el esfuerzo de sacarlas del lodo, pero los ojos saben ajustarse a la penumbra. A los veinte minutos de caminar en la oscuridad captamos las siluetas y las formas del sendero y del paisaje. La niebla inició su retirada y yo sentí alivio por Carla y por mí. Nos habíamos quedado atrás solo para acompañar a Noa y a

Nicole: de no ser por ellas habríamos llegado al valle a tiempo. No nos arrepentimos, era lo correcto de hacer, pero el temor hace que dudes hasta de lo correcto. Hace que desees el mal siempre que te rescate, por eso caminar en la noche es desear el mal.

Falta muy poco, dijo Carla cuando vimos el valle alumbrado por las estrellas. Ya no había niebla, el viento pegaba fuerte y no sentíamos los dedos de las manos. El área para acampar estaba a sesenta minutos cruzando la oscuridad de esas cuarenta hectáreas, cerca de un bosque de polylepis. Oímos el ruido del agua cayendo de las rocas más altas hacia los riachuelos. Oímos relinchos, pero no vimos ningún caballo. Las siluetas se confundían unas con otras. Noa se inquietó y Carla empezó a contar que Nietzsche había enloquecido viendo los ojos de un caballo. Contó que lo abrazó como el padre de Noa a la yegua muerta, que lloró sobre su lomo. Perdió la razón y estuvo once años en un manicomio sin escribir ni hablar, pero tocando el piano porque sin música, decía Nietzsche, la vida sería un error. Algo semejante debió pasarle al padre de Noa y a ella misma. El yachak dijo que mirando a un animal uno podía encontrar una voz perdida hace mucho tiempo. Hay voces que no intentan decirnos nada, solo sonar, pero hay que cuidarse de lo que uno pone en lo animal y de lo que lo animal pone en uno. Basta con que las cosas sean iluminadas por el rayo para que ya no puedan volver a estar escondidas.

Vadeamos el río, la arteria principal del valle, y atravesamos terrenos con piedras gigantescas y vegetación irreconocible. Hubo zonas más sombrías que otras. Fuimos a paso lento para no tropezarnos, torcernos un pie o rompernos una pierna. En un tramo pedregoso Noa se resbaló, pero Nicole la sostuvo y oímos un gañido. Ojos brillantes nos observaron desde los pajonales. No sé describir la inmensidad del espacio que nos rodeaba, lo amenazante que se percibía en la noche. Era amenazante el suelo y la roca, lo que escuchabas y no podías ver, pero también lo que veías. El ruido del agua cayendo desde lo alto de las paredes de piedra era estruendoso. Saberse desprotegido es temer, saberse pequeño ante la indiferencia de la montaña.

Ignoré los ojos de los animales y caminé delante de Carla porque ella era mi responsabilidad. Amar a alguien es un camino oscuro, no importa lo que digan, y darse la mano en la noche no salva. Había cosas de ese camino que me daban miedo. La primera era confundir las pasiones de Carla con las mías propias. La segunda era amarla tanto que me diera vergüenza mostrarlo. La tercera era que una bala perdida la alcanzara o que un terremoto la aplastara. La cuarta era perderme de experiencias sexuales o de vidas mejores. Hubo veces que imaginé entregarme a esas otras vidas, pero nunca solté la mano de Carla. Con ella era feliz, solo que amar a una persona es un camino oscuro, igual que el valle.

Cada tanto los ojos de las criaturas brillaban a la distancia. En algún momento distinguimos el bosque de polylepis como una mancha negra en el horizonte. Arriba estaban los picos nevados del Altar en forma de herradura, sus glaciares colgantes. Desde nuestro punto oímos la cascada alimentando el río de Collanes. Nuestro grupo nos esperaba al pie del bosque y el Poeta nos hizo señas con dos linternas.

¡Ah!, no me jodas que ese man tenía luz, dijo Nicole. Se la veía agotada, pero peor estaba Noa con su semblante enfermo.

Tres horas antes, Noa había sufrido un ataque de ansiedad cuando una de sus piernas se quedó atorada en el lodo. Carla, Nicole y yo la ayudamos: los demás iban metros por delante, ni se dieron cuenta de lo que pasaba. Noa lloró y tembló, pero Nicole supo contenerla de buena manera. Le dijo: vamos, vamos, tú quisiste venir hasta aquí, así que tienes que calmarte para que yo me calme. Las dos caminaron pegadas a nosotros, por eso escuché que Nicole le pidió que se apoyara más en ella y que Noa le respondió que no.

Cuidar puede ser una forma envenenada de pedir que nos cuiden.

Llegamos congelados al campamento. Según el Poeta, creyeron que no llegaríamos. Tal vez habrían regresado por nosotros, tal vez no.

Aquella noche Carla y yo dormimos abrazados para vencer el frío, aunque antes nos pusimos a mirar las estrellas. Hay más átomos en nuestros ojos que astros en la Vía Láctea, me dijo. A menudo lloramos porque no podemos ver directamente al sol, pero el espectáculo nocturno es nuestro cuando se nos ofrece. Estábamos agotados y temblorosos, los músculos de nuestras piernas adoloridos, fríos hasta los huesos, sin embargo, miramos arriba porque jamás habíamos visto tantos puntos blancos en la bóveda celeste.

Recuerdo que tomé el rostro de Carla entre mis manos y le dije: no volvamos a Guayaquil, tampoco nos quedemos en esta destemplanza. Cuando termine el Inti Raymi vámonos al mar, es cálido allí, allí nunca nos sentiremos solos.

Ella me sonrió y sentí ganas de planear el futuro pese al miedo. Carla tenía razón: la única forma de sobrevivir era estando juntos en la noche del volcán. Ni el frío ni la piedra eran más firmes que nosotros. Podíamos ser devorados por el viento, por el agua y por la tierra, pero nos abrazábamos para hacer retroceder el temor.

El ojo también viene del mar, le dije, volvamos al mar, volvamos al mar.

El cielo empezó a cubrirse de nuevo.

PARTE IV

CUADERNOS DEL BOSQUE ALTO II

Año 5540, calendario andino

No sé qué esperaba, pero no era esto: dos chicas bañadas en lodo y agua. Una de ellas, mi hija, sangrando por la ceja derecha y cojeando de un pie. La otra sosteniéndola con dificultad. Parecían haber sobrevivido a una catástrofe y traerla consigo a las puertas de mi casa. Allí, frente a la maraña del bosque, los truenos nacían del hocico de Sansón y no del cielo, aunque ningún relámpago consiguió iluminarme.

Permanecí quieto bajo la lluvia:

el silencio es solo una pausa, me dije,

algo violento siempre ocurre después.

Los instintos de un padre que renuncia a su deber son inútiles. Están rotos como su promesa, muertos de sed ante el oasis de Dios. Pensé que podría separar a mi hija del resto de las mujeres, pero si hubiera encontrado a diez chicas mojándose en la tormenta todas habrían sido Noa para mí, que llevo una década sin ver su rostro.

Es vergonzoso para un hombre olvidar los ojos que lo miraron con necesidad, la frente que tantas veces besó. Va en contra del orden que dispuso la naturaleza.

Yo quise esconder mi falta en el silencio, ser un padre que reconoce a su hija a pesar de los años y de la distancia, por eso las escruté a las dos igual que lo hago con las criaturas del bosque, con la cautela y la concentración que me fueron permitidas, y estuve perdido hasta que vi los rasgos de la niña que abandoné ocultos en los de la chica de pelo azul. El rostro que tenía delante, sin embargo, era distinto al de mi memoria: un rostro de nariz larga y labios púrpura que apenas se movían. Sus ojos se disparaban hacia cualquier sitio y su cabeza no dejaba de mecerse de un lado a otro, incapaz de sostener su propio peso. De no ser por la chica que la acompañaba, mi hija no habría podido mantenerse en pie.

Tiene mucha fiebre, me dijo su amiga.

Entre ella y yo llevamos a Noa al interior de la casa. Encendí la chimenea, preparé las toallas, llené la bañera de agua tibia para que pudieran limpiarse el lodo, la lluvia y la sangre.

Gracias, me dijo la chica cerrando la puerta del baño.

Desconfía de mí porque no me conoce. Toma las precauciones que cualquiera tomaría en su situación. Es comprensible.

Se llama Nicole,

aunque a veces olvido su nombre.

Mientras se bañaban alisté el botiquín. Recogí sus ropas del suelo y las metí en la lavadora. Abrí las habitaciones de invitados para ventilarlas. Colgué camisetas, pantalones y ruanas en el pomo de la puerta. Si mantenía mis manos ocupadas, pensé, mi cuerpo consagrado a la hospitalidad, no sería necesario pronunciar palabra y eso era bueno.

Dios ama al extraviado y nos pide que amemos al que llama a nuestra puerta, pero no nos da el lenguaje transparente para recibirlo. Quiere que inventemos ese lenguaje. Nos enseña a inventarlo y nosotros, que venimos de lo oscuro y desconocemos el tacto de la claridad, balbuceamos una confidencia:

estamos extraviados también,

también tenemos sed.

Cuando salieron del baño, mi hija temblaba. Su amiga y yo la acostamos y no le permitimos cubrirse. Le dimos una aspirina. Le hicimos beber agua y le desinfectamos las heridas.

¿Qué fue lo que pasó?, quise preguntarle a la desconocida que cuidaba de Noa con una entrega sin igual.

¿De dónde vienen?

Pero la chica se acostó junto a mi hija y yo no supe hablarle. A pesar de haberse limpiado, las dos siguieron oliendo a tormenta y a lodazal. A cuerpos nuevos invadiendo el ecosistema de mi casa.

Salí de la habitación lo más rápido que pude.

Escribo:

afuera no deja de paramar y los rayos hacen vibrar los cristales. Es la primera vez en años que duermo acompañado en esta finca que me vio nacer y que me verá morir. Me intranquiliza saber que no estoy solo, pero mañana será otro día: es mi deber recordarlo.

Será con ellas.

Noa continúa con fiebre, ha dormido todo el día. Su amiga y yo la cuidamos: le pusimos trapos fríos en la frente, le dimos sopa cucharada a cucharada y limpiamos la habitación del polvo del encierro.

El cuarto en el que duermen es pequeño y oscuro. La cama tiene sábanas que antes eran blancas y que ahora son amarillentas. En el centro de una de las paredes hay un espejo alto que deforma el cuerpo: es un objeto que de niño solía darme pesadillas porque me mostraba a un gigante derretido y ese gigante era yo.

Un monstruo similar a los de mi madre, mezcla entre águila, búho y venado.

Una creación confusa.

Todo en el interior de estas paredes tiene una historia que solo yo conozco. Es una casa vieja que guarda sus propios rumores y que por las noches se ensancha y toma las dimensiones de la imaginación. Mi madre decía que la fuerza de lo creado se compone por un imaginar divino y un imaginar terrestre. Dios incita la imaginación mística en su ojo de bosque y a través de ella nos acercamos a lo que no puede ser visto, pero la imaginación humana puede disipar la noche o ponerla sobre la espalda de los hombres. Esta casa imagina el amparo y la amenaza a la vez, en ella soy consciente de que el lugar de lo siniestro está junto al de la pureza. Es el origen y el final. Es el centro: una casa vestida de luz y de niebla.

Cómo explicarle a mi hija que los objetos cuentan la historia del principio y del fin de la humanidad.

Dios dice que el dolor de un hombre es el de cualquiera. Todo lo que me rodea es mío y a la vez no, todo conserva la memoria de mi sosiego y de mis males y estos son parecidos, o lo serán, a los de ella. Somos la misma carne, pero en nuestras diferencias resguardamos nuestra identidad. Es lo que nos salva de desaparecer en la voluntad de los otros.

Yo no quise desaparecer en la voluntad de mi hija.

Cómo explicárselo.

Su amiga desconfía de mí. Desayunamos juntos en el comedor y de nuevo sentí el impulso de preguntarle por los golpes, el esguince en el pie y la herida en la ceja de Noa, pero me dio vergüenza hablar como un padre que se preocupa por quien dejó atrás hace mucho.

La paciencia es una responsabilidad adulta. En la espera nos hacemos grandes frente a la incertidumbre y podemos descansar de las preguntas, de su infinita insatisfacción.

Había olvidado lo que era compartir la mesa con alguien y luchar contra la urgencia de romper el silencio.

La caza es ilegal, me dijo Nicole mirando al venado sobre la chimenea.

Ella intenta ser educada, es una actitud que le agradezco. Lava los platos, hace la sopa para Noa, dice por favor, gracias, buenos días, buenas tardes y buenas noches. No son sus palabras las que me ofenden, sino sus ojos que desaprueban la historia de esta casa. Lo noto en la forma que tiene de observar mis naturalizaciones como si viera en ellas un mensaje de crueldad. La taxidermia es un arte que pocos comprenden: la belleza inherente a la quietud y al silencio, la muerte detenida para ser contemplada. Yo admiro el diseño sagrado de la naturaleza, nada más. No soy un hombre cruel, solo un hombre asombrado.

Quizás ella me juzgue por lo de Noa, sería lo normal: es demasiado joven para entender que la culpa pesa menos que el sacrificio, que hay obligaciones que crean una tristeza que poco a poco va transformándose en desolación.

Desconfía de mí y en la habitación no me deja solo con mi hija. Me parece bien porque yo tampoco quiero estarlo.

Aunque Noa duerme, me angustia saber que en algún momento despertará y me pedirá que pronuncie el verbo que es como el agua.

Tendré que decirle:

> yo no sé de palabras líquidas,
> no conozco la transparencia.

Una hija tiene los rasgos de su madre y de su padre deformados, convertidos en otro rostro que, sin embargo, los contiene a ellos como un pasado inexpugnable. Cuando observo con atención la cara de Noa veo en ella a su madre y a su abuela. Me veo a mí y pienso que un rostro crea otro rostro porque Dios nos dio esa responsabilidad.

Haz otro rostro, manda Dios desde el centro de nuestra biología:

> haz otros ojos,
> otra nariz,
> otra boca.

Dale espacio a una voz nueva que permanezca cuando tú regreses al polvo, una que salga de tu cuerpo que ya se está muriendo, una que se asemeje a la tuya y que a la vez sea distinta.

Crea un rostro, dice el Señor, y revive en él a tus muertos.

Antes de sentarme a escribir estuve a punto de esconder mis naturalizaciones para que Nicole se sintiera cómoda, pero no lo hice.

Esta es mi casa. Esta es mi montaña.

> Dios sabe quién soy.

He llenado los jarrones de la casa con flores, algunas de ellas son rudas. No creo en su magia sino en su capacidad de alegrar la vista de Noa y de su amiga. Mi intención es que se sientan bien y que el ojo secreto de Dios nos vea compasivamente.

A pesar de mis errores, quiero inclinar mi cuerpo hacia la bondad. Quiero pedir perdón y ser perdonado, pero no me arrepiento de lo que hice y eso oscurece mis intenciones.

Todos limpiamos nuestro corazón de pájaros nocturnos.

Esta mañana mi hija despertó sin fiebre. Todavía está demasiado frágil como para salir de la cama, pero me agradeció los cuidados y el haberlas recibido con una timidez que me recordó a la mía propia. No nos dijimos mucho, no había gran cosa por decir.

Habló con su amiga en susurros.

El secreto es un idioma de serpiente.

Un idioma que sisea.

A diferencia de su amiga Noa no evitó mirarme, aunque yo hubiera preferido que lo hiciera. Me sostuvo la mirada e incluso me siguió con ella por la habitación hasta que crucé el umbral de la puerta y desaparecí.

Sus ojos son una trampa.

Intento acostumbrarme a ellos, pero hay algo terrible en un par de ojos que son idénticos a los de tu madre y que insisten en perseguirte. La genética tiene un lado tenebroso: el del gesto muerto hace años que resucita en el cuerpo de un ser vivo.

Noa se muerde el labio superior cuando está nerviosa. Yo hago lo mismo.

También tiene las manos de su abuela: largas, huesudas, con las venas brotando a través de la piel.

El peligro de hablar es el de terminar pronunciando las palabras equivocadas.

El silencio, en cambio, no se equivoca nunca.

El silencio le da espacio a un lenguaje sincero y generoso, uno que no necesita de nadie, solo de Dios.

Callado, cuido de las heridas de mi hija y la alimento. Las recibo a ella y a su amiga los días que me pidan. No preciso decir nada para hacerles saber mi buena voluntad, bastan estas puertas abiertas y las flores en los jarrones.

Me gustaría que las cosas permanecieran así, que continuáramos sin hablar, pero soy consciente de que eso es imposible.

Estamos viviendo un privilegio:

nos contemplamos.

Maté a una gallina y la cociné para el almuerzo. Golpeé su cabeza y le rompí el cuello en dos movimientos limpios. Lo hice rápidamente, pero Nicole salió consternada de la cocina y no volvió.

Recuerdo la primera vez que traje a Noa a la montaña. Apenas encontramos animales, solo el cadáver fresco de un halcón herido entre la maleza. Ella lo acarició y yo la dejé aproximarse al acontecimiento físico de la muerte. Me preguntó por las aves, por su sensibilidad e inteligencia, pero no supe decirle nada que no fuera lo que todos ya conocen: que algunas son más listas y sensibles que otras. Creo que le dije también que los halcones eran genios al lado de las gallinas sin saber que estaba subestimando a las aves de corral. Es cierto que las rapaces poseen una inteligencia sorprendente, que hay halcones que utilizan el fuego para acorralar a sus presas y que otros logran meterlas en las grietas de las rocas y guardarlas para después, pero la idea extendida de que las gallinas son estúpidas es errónea: son igual de inteligentes que muchos mamíferos. Pueden anticipar eventos futuros, recordar rostros y autocontrolarse.

Nunca me han gustado las aves: mi madre se encargo de que fuera así. No lo hizo a conciencia. Ella las veneraba y dedicaba gran parte de su tiempo a escuchar sus cantos.

Los pájaros sueñan que cantan, mi pillpintu, me decía. Soñando, ellos inventan cantos nuevos. Se vuelven artistas. Por la mañana reproducen el canto heredado de su especie, el que es útil para el apareamiento, pero por la noche cantan alocadamente en sus sueños.

Una madrugada, hace años, acudí al cobertizo de las gallinas llamado por sus gritos y vi a un zorro siendo picoteado por una de ellas. El animal intentó defenderse, pero no le di tiempo a llevarse su premio. Huyó dejando gotas de sangre sobre la hierba y yo sentí miedo de la ferocidad de las gallinas, de su parentesco con los dinosaurios.

Cuido a mis animales, incluso durante estos días, aunque lo hago con inquietud y ellos lo notan.

Son criaturas sensibles.

Dos veces lloré a causa de Noa.

La primera fue cuando la llevé a su primer día de escuela y no me dejaron acompañarla hasta el salón de clases.

La niña tiene que aprender a estar sin su papá, me dijo la maestra en la entrada.

La vi caminar sola al interior de una enorme cancha de fútbol y perderse entre niños de diferentes edades. Parecía perdida y temerosa. Nunca fue una niña valiente.

Lloré todo el camino de regreso a casa.

La segunda fue cuando esa misma maestra me dijo que Noa había intentado robar el juguete de una de sus compañeras. Me sentí humillado y recordé la forma en la que mi madre me corregía cada vez que tomaba un camino equivocado.

Le expliqué a Noa que tendría que castigarla, y ella entendió.

La acosté sobre mis piernas.

Mariana le bajó los calzones.

Le di tres golpes en las nalgas con un cinturón viejo y ella gritó como si fuera a morir.

Su rostro se puso rojo.

En el trabajo no pude pensar en nada más que en esos tres golpes. Me pregunté si aquella era la forma en la que Dios quería que mi hija aprendiera a ser una buena persona, si la violencia podría sembrar honestidad o solo sumisión, si el sentimiento de culpa que crecía en mí era la lengua celeste diciéndome que era yo quien había tomado un camino torcido.

Nadie nace siendo padre, nadie conoce otra cosa que lo que le enseñan que está bien.

Al regresar a casa lloré sobre los pies de mi hija y le prometí que nunca más volvería a levantarle la mano.

Ella no comprendió lo que le decía.

Ya lo había olvidado todo.

El bosque nos mira a través de la ventana.

Es una mirada que solo respeto cuando oigo a los perros ladrarle a su inmensa noche.

Comimos los tres juntos en el comedor y charlamos de asuntos insustanciales en medio de silencios prolongados:

el clima,
la comida,
Sansón.

Nada memorable.

Nicole no ha vuelto a tocar el tema de la ilegalidad de la caza, pero sé que huye de los ojos de vidrio del venado de la chimenea, de las garras abiertas del quilico junto a la ventana, de los dientes del zorro y del conejo del salón. Debe creer que para un hombre que conserva los animales que mata la cacería es un ejercicio de poder, pero se equivoca: es un ejercicio espiritual. Cada criatura taxidermizada es una estatua de la naturaleza. Con ellas me acerco al misterio, al enigma irresoluble de la vida y de la muerte en el diseño divino.

Cazar y rezar:

una búsqueda silenciosa.

Después de comer, Noa me pidió que le diera un paseo por la finca. A pesar de su esguince, mi hija camina mejor que la tarde en la que llegó. La veo recuperada, como si el daño se hubiera ido definitivamente de su cuerpo. Gracias a su nueva condición pudimos caminar sin que tuviera que ofrecerle mi apoyo, a una distancia prudente que salvaguardó mi intimidad y la suya.

Aquí, conmigo, la siento más lejana que antes. La niña que conocí ha dejado de existir y esta mujer es una extraña.

Tenemos poco que decirnos.

Mientras le mostraba la casa deseé preguntarle cuándo se iría, pero no quise causarle ningún dolor nuevo. Noa admiró las pieles muertas de los animales y tocó mis naturalizaciones con la misma delicadeza que habría empleado para acariciar a un ser vivo.

Su curiosidad me pareció excesiva, como si estuviera estudiándome.

Entonces, frente a la habitación de mi madre, le comenté que hacía años que no entraba allí.

¿Por qué?, me preguntó.

No sé, le dije.

¿Puedo entrar yo?

No encontré ninguna razón válida para negárselo.

Abrí la puerta y el polvo se levantó como un torbellino antiguo. Un olor astringente y húmedo se escapó de los muebles en una corriente de aire que traspasó el umbral, pero solo vimos las siluetas de los objetos porque la luz era insuficiente. Entré en la habitación y tropecé con una silla y un taburete antes de alcanzar las cortinas.

Las corrí de un único impulso.

Noa retrocedió un paso.

Los monstruos de mi madre seguían allí, intactos, ocupando las mesas, las estanterías y los veladores en posturas imposibles. Conozco bien lo que verlos le hace a la gente, lo repulsivos que pueden llegar a ser para ojos poco habituados a la obra de una imaginación sórdida.

El trabajo de mi madre es lo opuesto al mío: yo le rindo culto al diseño de Dios, ella decidió profanarlo.

Noa entró a la habitación con respeto y lentitud. Contrario a lo que esperaba, no me preguntó por el origen de lo que estaba viendo. Se dejó llevar por el asombro y rozó el vientre de una alpaca con caparazón de tortuga y patas de pato. Luego se detuvo frente a Quesintuu y Umantuu, las sirenas mitad pez, mitad pájaro, mitad mono que sostenían un charango y un rondador.

A tu abuela le gustaban las sirenas bolivianas, chilenas y peruanas, le dije: las de los lagos Titicaca y Poopó, las de la Laguna de Paca, las de la Laguna Negra. Sirenas chilotas, shumpalles y pincoyas.

Y ella me dijo: dicen que hay sirenas en el Lago de San Pablo y que por la noche le cantan al tayta Imbabura.

Estaba fascinada. Fue una sorpresa.

La fascinación por lo profano existe.

¿Te gusta vivir fuera del mundo?, me preguntó.
Estoy en el mundo, le respondí.

                    Estás en el silencio,
           y el silencio es de un mundo otro.

Puede ser.

Esta mañana bajé al pueblo.

El cielo estaba despejado como hacía mucho no lo veía y Sansón aprovechó para correr por las calles doradas por la luz.

La hierba cargaba el rocío de la noche de ayer.

(Una hierba que es doblada por el viento puede sostener la vida del agua).

Estando solo y tranquilo recordé el tamaño de mi felicidad en estas alturas, aquí donde la belleza es animal, vegetal y orográfica.

El pueblo es en realidad una aldea envejecida. Dos o tres niños todavía juegan en sus calles, pero en cuanto puedan irse se marcharán. El resto de sus habitantes tienen entre cincuenta y noventa años y cuidan de un bar y una tienda modesta.

De camino me crucé con cinco jóvenes disfrazados de Diablumas.

Uno tenía la parte inferior de su máscara quemada, los demás las llevaban sucias de barro y me siguieron largamente con los ojos. Yo fingí no darme cuenta, pero mi atención se quedó con ellos.

Hoy en día cualquiera puede conseguir una máscara de Diabluma. No debería ser así.

Mientras compraba sal y aceite, un enmascarado saltó como una rana y se mantuvo agachado de espaldas a mí.

Su segundo rostro continuó observándome.

Cuando los animales mueren ellos regresan al cuerpo de Dios, le dije a la amiga de mi hija.

Dios es el Uno del que salimos y al que volvemos.

Jamás me he sentido superior a las bestias del bosque. El hecho de que pueda cazarlas me hace distinto, pero no más fuerte ni mejor. Creo en lo sagrado que habita en cada criatura; en lo vivo que se adentra en la quietud como en un sueño ajeno.

El enigma del animal es el sueño que lo lleva hacia la muerte.

El del hombre, la muerte que lo conduce a lo animal.

El terremoto nos hizo correr afuera de la casa. Al principio no nos inmutamos:

> la tierra se estremece igual que el
> delicado esqueleto de un colibrí.

Desde el exterior fuimos testigos del baile de los árboles y de las paredes de la finca. La vida del subsuelo posee una intensidad incomparable. El bosque se levanta hacia la luz, pero sus raíces están mojadas en lo oscuro y convulsionan los músculos del terreno. Los temblores sacuden estas montañas sin que nada terrible pase, pero cuando pasa la gente muere bajo los escombros.

No hay un sitio seguro. No hay un escondite donde descansar del temblor del colibrí.

Antes de que el sismo detuviera su palpitación, recordé los diferentes tipos de quindes que habitan en la cordillera:

> colibrí rayo de sol brillante,
> colibrí herrero,
> colibrí cola de metal,
> colibrí calzonario,
> colibrí estrella de garganta azul.

Hay más, pero esos son los que he visto bebiendo del caldo de las flores del bosque y del páramo. Cada vez que veo un quinde pienso en el ritmo acelerado de los terremotos, en el espíritu aéreo de Dios, en su canto agudo confundiéndose con el viento y en la resurrección de la carne.

Un colibrí es un resucitado, decía mi madre.

> Si la tierra tiembla
> es porque ha resucitado un quinde.

No es cierto: solo Dios resucita a Dios, pero estas palabras regresaron a mi mente cuando vi a Noa sosteniendo el cancionero ritual de su abuela. Lo abrazaba contra su pecho mientras la casa resistía los movimientos de la montaña y, a pesar de los años, pude reconocer el cuero viejo manchado de sangre.

Mi madre escribía sus cantos en ese libro: la música que aseguraba oír en la eterna noche de su cabeza.

No le dije nada a mi hija, aunque me molestó que hubiera registrado la habitación que yo insistía en mantener cerrada.

Siente curiosidad por su familia, es normal, sin embargo esta es mi casa.

Hay algo que retorna con el colibrí: la vida, el temblor, la voz de alguien que ya se ha ido.

Es mejor que las cosas de los muertos estén quietas.

Leí el cancionero ritual de mi madre durante la mañana de su entierro.

En la primera página ella había escrito con carboncillo: «Cantos del sol oscuro», y me sobrecogió no reconocer su letra.

El resto de páginas contenían canciones, conjuros, descripciones de rituales, recetas para el mal de aire y la melancolía, dibujos de monstruos varios y de sirenas emergiendo del Quilotoa, pequeñas reflexiones e instrucciones para cantar en silencio, etcétera.

A veces sus canciones hablaban de una oscuridad iluminadora: una noche interior y radiante.

Me inquietó leer sobre las voces que aseguraba oír cuando cerraba los párpados.

«Una voz del pasado y otra del futuro», leí.

Uno no puede estar cantando siempre para calmar a la tierra, me dijo antes de fallecer junto a un yagual. Llevaba días afectada por un deslave que se tragó a más de cien personas en Alausí.

De ciertos asuntos uno ya no se recompone, dijo.

«Un sol hecho de tinieblas», leí.

«Una voz como un sol nocturno».

Solo hay un colibrí capaz de vivir a más de cinco mil metros de altura sobre el nivel del mar, y ese es el colibrí estrella del Chimborazo. Se trata de un pájaro diminuto que posee una cabeza de color azul-violeta iridiscente.

Su canto tiene un tono agudo y uno ultrasónico.

El agudo se confunde con el silbido del viento contra los pajonales, pero el otro es secreto e inaudible para los hombres. Es un canto de amor destinado al apareamiento que solo las hembras pueden oír. Mi madre aspiraba a imitar ese canto silencioso con el objetivo de atraer a los quindes a nuestra casa.

Los colibríes transportan los deseos y los pensamientos de las personas, me decía.

Su libro estaba lleno de canciones para ser cantadas en voz alta o con la voz callada de la mente. Sus canciones silenciosas me atemorizaban de niño porque hundían a mi madre en una quietud semejante a la de un muerto. Las otras la agitaban y la hacían gemir, susurrar o gritar, pero al menos la mostraban viva. Entonces yo podía soportarlas.

La música, igual que la máscara, saca un rostro nuevo que ya existe en el interior de los hombres. Es un rostro oscuro que no necesita de Dios y que es mejor enterrar en el fondo del cuerpo.

Recuerdo que algunas de las letras del libro de mi madre eran litúrgicas, como poemas, pero también que otras repetían frases hasta que las palabras ponían el bosque al revés.

Kuyllur, me decía ella, si un hombre intenta atrapar a un quinde, ese hombre morirá.

Todos limpiamos nuestros corazones de canciones oscuras.

¿Amo a Dios o solo deseo ser digno de su amor?

Caminé en el bosque como tantas otras veces y me sentí observado, no por lo animal ni por lo divino, sino por algo difunto.

De reojo me pareció ver una cabeza asomándose detrás de un yagual, pero al volver la mirada no había nadie allí, solo el bosque montano como una visión de otro tiempo.

Todo bosque es Dios
porque parece haber existido desde siempre.

Al regresar a la finca vi a los cinco Diablumas del pueblo saltando en la montaña, pero no puede ser cierto. La niebla a veces es engañosa:

una página en blanco donde la mente escribe.

Mi hija y su amiga han dejado de dormir juntas.

Ahora Noa descansa en la habitación de mi madre.

Saberlo, asomarme al pasillo y ver la luz escurriéndose por los bordes de la puerta cerrada, me pone nervioso.

Toda casa tiene sus áreas secretas, espacios que nunca deberían ser ocupados. La vida privada pide penumbra como una planta que no resiste la luz directa del sol. Su intimidad debe ser cuidada a riesgo de volverse obscena.

Quiero que Noa deje en paz el secreto de esta casa, pero no sé cómo hacérselo saber.

Los monstruos de mi madre
son los monstruos de mi hija.

Hoy Noa se peinó como su abuela. Se hizo la raya en medio y dejó que la trenza le cayera sobre el hombro.

No me gusta cómo le queda.

No sé qué pretende.

Estaba alimentando a los perros cuando de pronto la escuché cantar una de las canciones de mi madre. Seguí el sonido hacia la entrada del bosque y la encontré con el libro abierto sobre sus piernas.

Fui incapaz de disimular mi disgusto.

No hagas eso, le dije.

¿Por qué?

Porque está mal remover las cosas de los muertos.

Pero aquí hay cantos que calman terremotos.

Dámelo.

Cantos que hacen levitar montañas.

Es una falta de respeto.

¿Hacia quién?

Hacia Dios.

Me miró como se mira a un hombre desquiciado y dijo, zanjando el tema:

el libro es mío.

Odio la música que se equipara al canto de los pájaros. Odio las bocas que se abren para cantar como un polluelo que pide alimento. El pasado ataca no solo con recuerdos, sino con sensaciones.

El origen de la música es un cascarón.

Un cascarón roto que proviene del infierno.

A veces me pregunto por qué mi hija no habla conmigo. Creí que me pediría explicaciones, pero permanece en silencio y canta en la oscuridad los cantos inventados de su abuela. Eleva la voz y la oyen los animales, la oye el bosque que es un ojo divino que se abre ante lo que está prohibido. No deseo que nos digamos la verdad que guardamos: en la desnudez del pensamiento no hay gracia, solo intemperie. Lo que deseo es estar por encima de mi desnudez, pero si no ha venido a obligarme a hablar, entonces ¿a qué?

En la madrugada un pájaro se estrelló contra el cristal y, ya despierto, escuché a alguien caminando por el pasillo. Abrí la puerta y encontré a mi madre trotando de espaldas y desapareciendo en la esquina que da al salón.

Su trenza subía y bajaba.

Sus pies desnudos golpeaban el suelo.

Me sobrecogió el pavor.

Era Noa quien trotaba dormida, pero podría jurar haber visto a mi madre.

Durante el desayuno se lo conté a Nicole y ella me dijo que mi hija llevaba días sufriendo de sonambulismo.

Empezó en el festival, me contó.

Mi madre era sonámbula.

Decía que lo que el cuerpo nocturno hacía, el cuerpo diurno no lo debía ver.

Estaba a punto de acostarme cuando atisbé por la ventana una sombra humana. La sombra estaba quieta, pero en cuanto me acerqué al cristal salió corriendo y yo tomé mi rifle.

La luna llena me permitió ver con claridad el exterior. Era una noche fría y azulada y yo estaba descalzo.

Sé lo que vieron mis ojos:

un Diabluma con un acial internándose en el bosque.

Dos caras de la región misteriosa en un solo cuerpo.

Dos lenguas largas.

Un hombre que no era un hombre sino una aparición de ropa raída y manos sucias. La máscara quemada se precipitó en la espesura como el reverso sórdido del bosque y una piedra voló cerca de mí siguiendo su rastro en el follaje. Era la amiga de mi hija lanzando guijarros que rebotaban contra los troncos y penetraban en la noche pálida.

¡Déjennos en paz!, gritó sin saber hacia dónde dirigir la voz.

La tomé por los hombros con fuerza y la obligué a mirarme.

¿Quiénes son?, le pregunté a gritos.

Nicole no dijo nada. Desconfía de mí, pero ahora tenemos los mismos enemigos: cinco Diablumas que merodean el techo donde nos protegemos de la intemperie.

Aún ahora, que el amanecer está a punto de llegar, los animales balan.

Quiero un manto que cubra mi soledad de los ojos que intuyo detrás de los yaguales.

Ojos escondidos tras los troncos colorados.

Ojos que asaltan mi interior.

Ojos del solsticio.

Cuando Noa era una niña su palabra era transparente.

A veces me preguntaba:

> ¿me amas, papi?
>
> ¿Amas a mami?

Y yo le respondía que sí, pero incluso entonces mi amor permanecía incompleto. Noa lo notaba: veía que perdía la paciencia y que me aislaba en mí mismo con enorme facilidad. En esos años yo tenía el pensamiento abierto hacia otra parte, hacia el territorio de mi infancia:

> la finca,
>
> la montaña,
>
> el bosque.

Solo quería regresar al sitio donde mi vida había comenzado. Creí que en él podría encontrar respuestas a mi insatisfacción y, aunque no las hallé, el nido es siempre un refugio donde las cosas nacen y mueren en la tibieza.

De la boca de Noa ya no salen palabras transparentes. Por las noches la escucho caminar en la habitación de mi madre y cantar sus canciones como si quisiera enfermarme.

Ser un padre es enseñarle a tu hija las dimensiones del planeta, el verdadero tamaño del amor y de la crueldad, pero yo no pude enseñarle nada. No me quedé lo suficiente como para hacerlo. Solo puedo espantar a los Diablumas que se esconden en el bosque y que inquietan a los animales, proteger a mi hija y a su amiga de aquello de lo que huyen, caminar con mi rifle y disparar al aire.

Nicole está pendiente de cualquier movimiento en el exterior. Si escucha o ve algo sospechoso viene corriendo a buscarme y juntos rodeamos la finca para confirmar que no sea ningún Diabluma.

Aseguramos las ventanas y las puertas.

Soltamos a los perros.

Noa no forma parte de estas medidas. Pasa la mayoría del tiempo con los monstruos y con el libro de mi madre, concentrada en asuntos que no puedo ni quiero imaginar. A veces sale a dar un paseo, nunca más de una hora. Nicole la espera junto a la ventana como Sansón me espera a mí cuando desaparezco en el bosque.

Mi hija deseó que yo la amara, pero sé que ya no es así. Compartimos el mismo espacio sin hablar el uno con el otro, respetando los silencios y los secretos que conforman nuestra intimidad y nuestra diferencia.

Creo que se irá cuando los Diablumas lo hagan.

Los conoce, es evidente.

Tengo que echarlos si quiero recuperar mi soledad.

Las palabras que son pronunciadas violentan la divinidad del silencio.

Las palabras escritas la protegen.

En el pasado fui un ingeniero civil que sacó adelante proyectos estatales. Trabajé de esta manera cuando Noa tenía apenas cuatro años. A los pocos meses de empezar me asignaron la construcción de parques en terrenos tomados por traficantes de tierras que vendían parcelas a familias sin recursos. Allí las familias levantaban frágiles casas de caña, la única forma de asegurarse un techo, y soportaban las extorsiones de bandas armadas que les pedían pagos mensuales.

Desalojamos a más de cien familias, derribamos sus casas, y los traficantes amenazaron con matarnos.

El Estado nos puso guardaespaldas.

Una tarde, mientras el equipo y yo nos dirigíamos a uno de los terrenos, nos siguieron tres motociclistas y tuvimos que desviarnos del camino. El conductor aceleró zigzagueando por la carretera para evitar que nuestros perseguidores se colocaran a los lados. Fueron varios minutos de tensión antes de perderlos. Cuando pudimos respirar, vi que una de mis compañeras lloraba y que otro tenía la cabeza entre las piernas.

Ese mismo día renuncié.

Es imposible vivir en este país, me dijo Mariana.

Creyó que lo había hecho por los sicarios, pero lo hice por las pesadillas que me causaron los desalojos. No recuerdo a ninguna de las personas que dejamos en la calle, no me atreví a mirarlas. Sin embargo, todavía escucho los llantos de los niños y de las mujeres que caían al suelo y que nos pedían que nos detuviéramos. Es un sonido que me aleja de Dios, que me dice que soy un hombre apto para el mal y no es el mal lo que deseo, sino el bien.

Una ciudad agresiva e injusta deforma el carácter: dejas de sentir el daño que haces y el que te hacen, miras con recelo al prójimo, temes y odias a lo que temes.

El odio es un defecto que Dios no perdona.

En la montaña yo ya no tengo pesadillas y, si las tengo, las olvido siempre al despertar.

¿Son amigos o enemigos de mi hija?

Los Diablumas que vigilan mi casa desde el bosque, ¿son peligrosos o solo jóvenes gastando una broma que estoy lejos de comprender?

Se lo pregunté a Noa y guardó silencio. La sensación de distancia entre nosotros crece cada día. Sin embargo, ella permanece aquí como si esperara encontrar algo más allá de esta quietud. No hay nada en esta montaña aparte de una vida sostenida en la rutina y en la contemplación: una vida que ama lo que hay en el mundo desde el lugar en donde puede amarlo. Muchas veces me he preguntado si subir la cordillera no fue para mí una forma de escapar de la obligación de la amistad y del amor, pero en este sitio yo amo intensamente, como nunca antes me fue posible, y ni la tristeza ni la angustia reducen ese sentimiento amplio y puro.

Aquí, en el bosque alto, yo soy un hombre decente. Nada me tienta al mal.

En cambio, abajo Mariana me pedía que le disparara a quien intentara meterse en nuestra casa.

No hay que darles la menor oportunidad, decía, no son personas: son ratas.

A tres calles de donde vivíamos, dos ladrones asesinaron a una familia entera para robar cincuenta dólares. Noa tenía siete años y por aquella época los barrios empezaron a hacerse cargo de su propia seguridad. También los terremotos y las erupciones se volvieron más fuertes y devastadores. El calor lo hacía todo peor porque descomponía rápidamente los cuerpos sepultados por los escombros o arrojados a las carreteras o colgados de los puentes.

La noche del linchamiento era el turno de Mariana y de otros vecinos de patrullar la zona. Me despertaron los gritos de quienes salieron de sus casas para golpear al ladrón.

Desde la ventana yo vi una masa informe que no contenía su furia.

Duró una hora o más.

En ningún momento le quitaron el pasamontaña, pero por el tamaño de su cuerpo sobre el asfalto pudo haber sido un niño.

Los Diablumas que persiguen a mi hija tampoco tienen edad: podrían ser adolescentes o adultos, es irrelevante. Lo que importa es que un pasamontaña o una máscara saca rostros escondidos en el interior de los hombres, rostros que no buscan a Dios y que sonríen en horas nocturnas, cuando la vida es más lenta y delicada.

Los Diablumas me recuerdan lo que quiero olvidar:
un cuerpo menudo y quebrado sobre el asfalto
mientras mi hija dormía en su cama, tranquila.

No le pregunté a Mariana por su participación en el linchamiento. Si algo me ha enseñado este mundo es que hay cosas que es mejor no conocer. Quizás por eso Noa se abstiene de preguntarme por qué me fui y por qué vivo en completa soledad. Hacemos vidas separadas a pesar de compartir el mismo techo: ella explora la habitación y el libro de cantos de su abuela, yo paseo a Sansón y a los otros perros, alimento a los animales y cocino.

Nicole es la que está más nerviosa de los tres: limpia encima de lo limpio y recorre la casa mirando por las ventanas en busca de Diablumas. Hoy me ha asegurado verlos en los alrededores del bosque, pero no he conseguido encontrarlos.

El miedo muestra el rostro debajo del rostro. Hay que tener cuidado de lo que sonríe en la noche, nos dice la razón. Dios sabe que yo intento ver luciérnagas amarillas y verdes en lugar del hombre que está debajo del que soy. Cierro los ojos y rezo por la belleza de los insectos y de los mamíferos. Hago a un lado lo que hay de turbio en mi pasado y limpio mi corazón de canciones oscuras.

Lo recuerdo: antes de las máscaras, hubo armonía.
En ningún momento le quitaron el pasamontaña.
Pudo haber sido un niño.

Todos los hombres buscan estar en paz consigo mismos, pero para encontrar a Dios es necesario mirar hacia fuera.

Adentro, muy al fondo, hallamos una sombra. Esa sombra es lo contrario a la esperanza.

> Yo contengo a la mía en estas alturas;
> mi afuera es la cordillera.

Dormía, pero los ladridos de los perros me despertaron. Tomé mi rifle y, mareado aún por el sueño, salí con torpeza a la oscuridad.

Tres Diablumas corrieron en distintas direcciones.

Disparé al cielo y el ruido acabó por devolverme a la conciencia.

Perseguí a uno, el que llevaba el acial. Le grité que lo mataría, disparé a varios metros de su cuerpo, pero el Diabluma siguió escapando y dando brincos como si en vez de huir, bailara.

Poco antes de esfumarse montaña abajo, se giró hacia mí mostrándome una de sus caras ensombrecidas por la noche. Con su dedo me señaló mi propia casa y vi que la ventana de la habitación de mi madre estaba abierta. Por ella se asomaba Noa, hablando distendidamente con un enmascarado.

No me dio tiempo a reaccionar.

Un nuevo Diabluma se me atravesó por delante y danzó con las piernas en forma de arcoíris, los brazos a la altura de la cabeza y los talones golpeando la tierra.

Su baile festivo puso la madrugada en mí.

El cielo y su tiniebla inundaron mis ojos y, de repente, tuve la penumbra adentro, encima, debajo y alrededor. No me reconocí bajando el rifle y retrocediendo, aunque qué otra cosa podría haber hecho.

El chico se despidió agitando su mano en el aire.

Desde el interior de la casa, Noa cerró la ventana.

Cuando entré la escuché cantar uno de los cantos de mi madre, pero dos voces sonaron en su voz: una joven y una vieja.

Ninguna de ellas era la de mi hija.

PARTE V

KAPAK URKU

Año 5550, calendario andino

NICOLE

Por la mañana el Valle de Collanes era distinto a como lo habíamos percibido por la noche. Luminoso y verde, se extendía más allá del horizonte con el ruido del agua y el canto de los halcones y de los mirlos. Tenía piedras grandes, cascadas que caían de lo alto del volcán y zonas de pajonales que me recordaron al páramo del Chimborazo. Pedro, Carla, Noa y yo lo cruzamos en medio de la oscuridad, a ciegas, perdidos del resto del grupo, y sentimos que así debía de ser el infierno: un lugar inmenso, frío y sin color donde un mal paso podría enterrarte. Llevé a Noa agarrada del brazo para que nos protegiéramos. Nos temblaron las piernas, los brazos, los labios y vimos siluetas bestiales que en realidad eran piedras.

Chucha, chucha, chucha, chucha, soltó Carla cada pocos minutos hasta que llegamos donde acampaban los demás.

Al amanecer salimos de las tiendas respondiendo al llamado del Poeta. El bosque nos cantó una canción y eran las cantoras que habían ido a orinar entre los polylepis que crecían como pelo de bruja. La visión del valle era armoniosa, pero había algo amenazante en las rocas y en el agua, en la prolongación de los riachuelos y en la amplitud del espacio donde los únicos seres humanos éramos nosotros.

Noa y yo nos pusimos a desayunar y el Poeta aprovechó para decirnos: prepárense, que ahora sí se viene la experiencia más del putas de sus vidas.

Todavía nos quedaban dos horas de camino empinado hacia la Laguna Amarilla. Pam y Fabio fueron los últimos en despertarse. Mario, Adriana, Julián, Pedro y Carla los esperaron afuera contentos, pero yo tenía ganas de desahogarme sin que nadie me viera, así que caminé hacia el bosque, me senté y lloré. Quería irme de la montaña, regresar a un sitio que pudiera reconocer como mío. No me importaban ya los carros bomba ni los muertos en Guayaquil: a todo puede acostumbrarse una persona menos al desamparo que lleva adentro y, en medio del valle, aparentemente retirada de la violencia, yo me sentí desamparada.

Todo se está yendo a la mierda, le dije a Noa antes de que amaneciera, deberíamos volver a nuestras casas, y ella me respondió con compasión: nuestras casas están en llamas, Nico. No hay a donde volver.

Noa y yo nos habíamos salvado de la soledad muchas veces, pero en la cordillera estuvimos solas, como si no supiéramos nada verdadero de la otra. La culpa era del grupo, del yachak, de las cantoras y del Poeta, o eso era lo que yo quería creer porque me resultaba más fácil culparlos a ellos que aceptar que nuestra amistad no había sido ni un remedio ni una salvación definitiva. Nuestra amistad no nos ofreció una salida al dolor, al miedo o a la muerte. Nadie puede redimirnos, aunque de todas formas sigamos esperando que las personas que queremos lo hagan.

Cuando cantamos algo perdido se nos devuelve, dijo una vez el Poeta. En las canciones está lo que nos hace bellos, pero no indefensos, mis runas: no indefensos porque cantando resistimos y evitamos convertirnos en lo que odiamos. Cantando hacemos un nuevo hogar. ¡Ñawpa pachapi!

Recogimos las tiendas de campaña rápidamente, los sacos de dormir, las mochilas, y avanzamos hacia el sendero. A lo lejos vimos caballos pastando junto al río, nubes de insectos, venados de cola blanca y conejos saltando en las colinas.

Vimos colibríes.

Vimos dos cóndores sobrevolando los picos del volcán.

Antes El Altar era altísimo, dijo una de las cantoras, más alto que el tayta, solo que el Chimborazo lo derrumbó por celos. Y otra cantó: los volcanes cuentan historias de amor, ay, ellos tienen voces ardientes.

El poeta y sus amigos caminaban contentos y su buen humor me ofendió. Eran ellos los que nos habían llevado hasta allí, a ese valle escondido y ruinoso que parecía el lugar a donde iban a parar los muertos. En cuestión de minutos volvieron a dejarnos atrás y la altura empezó a afectarme, o tal vez era el cansancio, pero lo oculté lo mejor que pude porque no quise preocupar a Noa. Llegamos a un borde donde apenas cabían nuestros pies y tuvimos que cruzarlo de uno a uno escuchando los gritos y vítores de los que lo habían superado. La caída era de cinco metros y creí que no lo conseguiríamos: temí resbalar y romperme el cuello o que Noa resbalara y se rompiera el cuello. Nada de eso pasó. Nos aferramos a las piedras que nos cortaban los dedos y ascendimos por una pared donde mis piernas volvieron a temblar. Tuve la sensación de que mis músculos podrían dejar de responder en cualquier instante, pero Mario nos ayudó a subir y, luego de caminar un pequeño tramo pedregoso, llegamos al cráter.

Qué bestia, dijo Pam mirando el paisaje y liberándose del peso de su mochila. Qué bestialidad.

Las dimensiones de la caldera se metieron en mi mente como una ensoñación. Estábamos a más de cuatro mil metros de altura y los nueve picos del Altar parecían dioses llorando sobre la laguna. Había pocas nubes, así que el sol pudo entrar y dejarnos ver el fondo de basalto inundado con la sangre de los glaciares. Nunca había sentido miedo ante lo bello. Esta montaña no está hecha para la vida humana, pensé, las montañas se elevan hasta atravesar las nubes porque quieren alejarse de nosotros. Si las perturbamos, nos destruirán.

Es demasiado, le dije a Noa y ella me sonrió creyendo que lo decía con alegría.

El grupo bajó hacia la laguna siguiendo los pasos del Poeta, quien se quitó la ropa para nadar desnudo. Sus amigos lo imitaron, entre ellos Adriana y Julián. Todos teníamos las narices enrojecidas por el poder del sol, aunque el cielo ya había comenzado a nublarse otra vez. Me quedé mirando al Poeta y a su gente nadar en el agua helada. El frío apenas parecía costarles, jugaban sin ninguna preocupación y tenían chakanas tatuadas en sus hombros, las mismas que llevaban las chicas que nos hablaron del Poeta por primera vez. Recordé sus tatuajes idénticos al de Pantaguano y a los de sus amigos y, de repente, tuve la certeza de saber quiénes eran.

No debimos haber venido, le dije a Noa enseguida, pero Pam escuchó y dijo:

O sea que ya te diste cuenta.

¿Ah?, preguntó Fabio.

Son ellos, le dijo Carla. Date cuenta: son ellos.

Los desaparecidos salieron de la laguna pocos minutos después y se secaron como pudieron, chillando por el frío, riéndose, corriendo y subiéndose a las rocas donde más fuerte caía la luz solar. En cambio, el Poeta se acercó a nosotros desnudo y con un entusiasmo casi infantil.

A ver, dijo chorreando agua sobre las piedras, yo les ofrezco dos formas de vivir esto que vamos a vivir. O bien con la música y con el baile, o bien con la música, el baile y una ayudita. Ustedes mandan, mis runas, lo que importa es conseguir el estado de ampliación de la conciencia: ese es el arte. Cómo conseguirlo ya es cosa de ustedes.

Yo miré a Noa y al resto mientras él sacaba de su mochila un termo azul.

Es un preparado especial, dijo guiñándonos un ojo. Chicha zombie.

Estábamos en un sitio desolado y agreste, a un día caminando de la civilización, con gente que no conocíamos bien. No era el mejor momento ni el mejor lugar para drogarnos.

Creí que los demás pensarían igual, pero no fue así.

MARIO

Dije que a mí con el baile y con la música me bastaba. Dije que con el baile uno se abría a un proceso mental dichoso, y así era. Así se sentían los saltos furiosos del Diabluma. Tú saltabas y la cabeza se te iba al corazón y el corazón a la cabeza. Brebajes no se necesitan para el rapto, dije, se necesita cuerpo y ritmo. Se necesita voluntad. Se necesita osadía. La gente sacó sus instrumentos y yo me vestí de diablo de espíritu. No de diablo malo, sino de diablo rebelde. Me puse mi zamarro y mi máscara. Tomé mi látigo y golpeé las piedras.

Hasta las piedras bailan en la fiesta del Inti, dije. Nada se queda quieto.

Las cantoras me escucharon y cantaron despertando al wayra. Los tambores, las chajchas, la guitarra y los rondadores entraron a la fiesta después. El sol rabiaba y todos gritamos: ¡Kapak Urku!, porque es el nombre verdadero del volcán, eso se sabe. ¡Kapak Urku! ¡Kapak Urku!

La música era fea al inicio. No se coordinaban ni la Pamela con el Fabio, ni el Fabio con las cantoras, ni las cantoras con el Poeta que tocaba muy mal la guitarra. Iban cada uno ofendiendo al silencio de los glaciares, cada uno ignorando el sonido del otro. Para que la música valga los sonidos tienen que amarse, es así. Bailamos la Adriana, el Julián, los Diablumas y yo hasta que un ritmo asustador trajo la niebla. Un ritmo miedoso que tapó el sol.

La máscara del Diabluma la teníamos muchos, pero bailamos pocos. Era difícil con las piernas cansadas, pues. Hacía harto frío, solo que el calor llegó con el baile y ya no sufrimos, ya nos entregamos nomás. Uno se entrega rapidísimo a la canción del cuerpo: la que cuenta que eres luz y oscuridad, la que guarda el silencio. Lo extraño pasa cuando la respiración cambia. Lo extraño pasa cuando oyes la voz.

CANTORAS

La canción del tiempo

¿Qué es la voz? La pérdida es. ¿Qué es la voz? La falta es. ¿Qué es la voz? El abandono es. ¿Qué es la voz? La tristeza es. Una voz nueva y celeste nace del corazón. Es una voz que abre el sexo de la montaña con su viejo canto. Canta ella el gran poema del sol, canta el poema de la sangre y el canto dice: tenemos miedo porque amamos, tenemos miedo porque vulnerables somos, tenemos miedo porque vamos a morir. ¿Qué es la voz? El parto es. ¿Qué es la voz? La ternura es. Chamanes eléctricos cabalgan tormentas en la cordillera. Cabalgan rayos, cabalgan truenos. Hay una voz que canta desde el interior la vieja canción del tiempo y el canto dice: el cuerpo es una fiesta que se arma sobre el duelo. El canto canta: el miedo es bello porque amamos, porque vulnerables somos, porque vamos a morir. Canta el tiempo la gran canción del cuerpo. El poema del sol tiembla desde el fondo del agua: la vida acuática es breve, ay, pero las montañas eternas son. Entra la voz del agua en el sexo abierto de las montañas. Entra lo pequeño en lo gigante, lo fugaz en lo eterno. La fuerza es la voz que dice: escúchame, traigo vivo al animal del tiempo. Un canto antiguo es. Un canto de garra. Escúchame: la voz oscura es, pero resplandece. Escúchame: estar a salvo no es vivir. ¿Qué es la voz? El miedo es. ¿Qué es la voz? La pasión es. ¿Qué es la voz? La fiesta del sol es.

PAMELA

A ver si me explico: lo que yo quería era el éxtasis, no el viaje alucinógeno que tuvieron Fabio, Noa, Pedro, Carla, Adriana, Julián, el Poeta y el resto de su banda. Uno puede viajar así cada vez que se le antoje y está tremendo, está brutal, pero lo que yo quería era la música presagiando mi futuro, llamándome al agua como el canto de las sirenas y ahogándome, sí, porque el amor por la música tiene algo del amor por la muerte y también de amor por la vida: son dos cosas que van juntas, dos pulmones que funcionan a la par, dos cóndores cuidando de su nido y el nido es el cuerpo. Yo buscaba la iluminación sonora que me hiciera ver algo más allá del desmoronamiento del mundo, algo más que el apocalipsis de erupciones, terremotos y asesinatos que estábamos viviendo, una posibilidad, una puerta abierta a la hermosura, ¿cachas?, porque si una cosa es cierta es que la hermosura estaba en las ruinas del Altar y que ese volcán era nuestra waka, el espacio sagrado donde la música hizo su magia transformadora, la catedral de glaciares y de picos de piedra negra donde hallamos el entusiasmo suficiente para continuar con la vida. Entre tanta fealdad se necesita la belleza y nosotros fuimos a buscarla sin saber que los bellos éramos nosotros, hurgando en la tierra con tal de tocar lo espléndido, y esa es la verdad: que la música ama la muerte porque la vence y ama la vida porque la eleva. Éramos bellos yendo hacia lo hermoso y cuando la música empezó a sonar no tuvimos miedo. Los Diablumas zapatearon sobre la hierba amarilla del cráter con las piernas abiertas e

inclinadas, los brazos girando hacia los lados, subiendo y bajando, y su ritmo no tenía nada que ver con el de nuestros instrumentos, era un caos, un despropósito, hasta que nuestros corazones se juntaron y fue precioso, precioso. Yo lo sentí y lo oí: el pulso de mi tambor fue el de la caja ronca y el de las chajchas y el del rondador y el de la guitarra, un ritmo magnético y vertiginoso que tenía un poco de sanjuanito y mucho de experimento. El trip de Carla la hizo imitar el sonido del sol con su propia voz: el Inti suena igual a la vibración del pecho, dijo, es como el Om del hinduismo, el primer sonido de la creación, oooooooooooooooooooooooooooommmm
mmmmmmmmmmmmmmmmmmmmmmmmmmmmmmmm
mmmmmmmmmmmmmmmmmmmmmmmmmmmmmmmm
mmmmmmmmmmmmmmmmmmmmmmmmmmmmmmmm
mmmmmmmmmmmmmmmmmmmmmmmmmmmmmmmm
mmmmmmmmmmmmmmmmmmmmmmmmmmmmmmmm
mmmmmmmmmmmmmmmmmmmmmmmmmmmmmmmm
mmmmmmmmmmmmmmmmmmmmmmmmmmmmmmmm
mmmmmmmmmmmmmmmmmmmmmmmmmmmmmmmm
mmmmmmmmmmmmmmmmmmmmmmmmmmmmmmmm
mmmmmmmmmmmmmmmmmmmmmmmmmmmmmmmm
mmmmmmmmmmmmmmmmmmmmmmmmmmmmmmmm
mmmmmmmmmmmmmmmmmmmm, y yo le dije: ¡chucha, ya cállate, nadie puede hablar ahora, nadie!, y las cantoras cantaron que hubo cientos de cantos en El Altar antes que los de ellas, cientos de voces que seguían flotando allí como fantasmas, como ondas imperceptibles al oído humano resistiendo al tiempo, porque un canto es un llamado que tarda bastante en morir, ¿cachas?, un canto es un llamado que no sabes de dónde viene. Cantaron con técnicas vocales de saltos bruscos, voces roncas y forzadas, tremulaciones y percusiones en la laringe y, de repente, las vi hacer una cosa espantosa: las vi clavarse los dedos en el músculo de la voz y apretar como si tuvieran cuerdas en la garganta, clavar los dedos en sus cuellos igual que los Chamanes en sus bajos y en sus guitarras eléctricas durante los conciertos. Se vio dolorosísimo, sí, pero se

hicieron daño para que les salieran voces flageladas que parecían una sola voz: una sola voz que creció como el latido de mi hije, un sonido divino y tremebundo que nadie quería escuchar pero yo sí, yo sí quise sentir la noche encendida del corazón aunque fuera peligroso, aunque me aterrorizara y me hiciera cerrar los ojos. Golpeé mi tambor y en ese rato de música indócil vi a Noa con los ojos blanquísimos trayendo con su propia voz la tormenta.

PEDRO

Carla y yo bebimos de lo que nos dio el Poeta, nos dimos la mano y nos sentamos a esperar. Estábamos cansados, pero las dimensiones del cráter hicieron llorar a Carla de la emoción.

Quiero que veamos juntos el país entero, me dijo. Muchos de sus lugares favoritos se estaban destruyendo por el aumento del calor y por la guerra. Si pienso en eso me pongo contento de que viéramos El Altar y el tayta antes de la Gran Erupción. Uno se alegra de cosas así cuando ya no hay futuro del que alegrarse.

En la caldera escuchamos música y vimos el baile de los Diablumas durante casi una hora sin sentir nada distinto. El volcán muerto era majestuoso, como sacado de un planeta donde la vida recién se estuviera formando. Hablamos de eso en voz baja y el dolor de estómago apareció lento. El vientre nos ardió y nos hormiguearon piernas. Mareado, con el cuerpo en llamas, caminé hacia el Poeta que tocaba la guitarra sobre una piedra. Murmuraba una canción en kichwa que entendí como si fuera español.

¡Sé kichwa!, le grité a Carla, pero cuando me giré la niebla no me dejó verla ni a ella ni a nadie.

Me perdí. Solo alcancé a escuchar la música acelerada, los saltos de los bailarines y la canción del Poeta:

Hay sirenas con charangos,
quenas y rondadores.

Cantan en las aguas de los volcanes
huaynos, sanjuanitos y yaravíes.

Ananay, ananay.

Sirenas andinas protegen
el canto de las ballenas.
Sirenas cantan en los Andes.

Ananay, ananay.

Sus volcanes sueñan con el mar,
sueñan con el mar.

Empujé las nubes con mis manos, avancé dando tumbos hasta que mis pies se mojaron con el agua de la laguna. La voz del Poeta sonaba alto y retumbaba contra las paredes de piedra del cráter.

¡Hay sirenas precolombinas!, cantó. ¡Sirenas nadan en los lagos de los volcanes!

Entonces, de lo más profundo de la laguna, saltó una enorme ballena que tenía el torso y la cabeza de una mujer.

MARIO

Yo brinqué sin ver ni a la Adriana ni al Julián. Nomás un momentito vi lo que estaban haciendo y no era el baile de una cabeza de diablo incendiada por el sol, no: era una convulsión, una danza de llanto y de carcajadas. Salté y giré, abrí los brazos y los cerré. El agotamiento es duro, solo que el dolor pasa. Todo pasa. Oí a las cantoras, pero no pude verlas tampoco por la niebla. No las vi y me pregunté si lo que escuchaban mis oídos existía.

Asusta no saber de dónde viene un canto.

¡Kulun, kulun, kulun!, cantaron las cantoras con los pies plantados en la laguna. ¡Cantar hace más dulce el llorar! ¡Kulun, kulun, kulun!

Una de ellas zapateó en el agua. Dijo: cantamos para darnos aliento. Cantamos para espantar el miedo.

Con mi baile yo empecé a crear un lamento alegre. Fue lo que el rapto me impuso: unos movimientos que desconocía. Mis pies levitaron. Es el espíritu el que danza, no el cuerpo, me dije. Inventé el Kapak Urku otra vez, lo hundí todito con mis saltos. Le di la forma de mi mente. Los picos de la montaña temblaron. Yo estaba excitado, no vi a la Adriana salir de la niebla, pero cuando chocó conmigo de repente la voz de la Noa cayó sobre nosotros.

PAMELA

La gente estaba enloquecida bailando y tocando, enloquecida de verdad, y yo tenía la locura en mis manos y la estrellaba contra la piel estirada del ciervo, la membrana suave de mi tambor que no paraba de temblar y de generar ondas invisibles, ondas fantasmales que se metían en mis huesos. Yo sentí esas ondas invocar algo en el fondo del planeta, transformando el corazón de mi hije y el mío en un órgano sensible a lo sobrenatural. Mis manos golpearon la muerte del ciervo súper rápido porque así iba mi pulso, veloz, veloz, y Fabio hizo lo mismo con su caja ronca llena de cabezas reducidas, de tzantzas chiquititas con pelo largo que rebotaban y rebotaban contra la madera. Juro que los cráneos empezaron a emitir un sonido terrorífico, un canto de susurros cada vez más fuertes, y a pesar de la niebla yo vi a los bailarines retorciéndose junto a la laguna mientras nuestros cuerpos respiraban vigorosos. Un tambor levanta los muertos de la tierra, ¿cachas?, un tambor abre las tumbas para sacar las voces del más allá, es un instrumento que teje un puente de sonido con el otro mundo. Durante un tiempo oí las pezuñas de las chajchas, la guitarra furiosa, el rondador, la caja ronca, los cantos flagelados de las cantoras, y ya no sentí mis brazos sino que ellos se movieron solos, y fue en ese instante que volví a fijarme en Noa, que tenía los ojos hacia atrás, en blanco, o sea, que estaba ciega y creyendo escuchar lo indescriptible igual que en sus sueños, solo que con nosotros, obvio, y aunque la tormenta amenazaba con caernos encima ella estaba quieta junto a la laguna como una aparición musical, un espectro de la montaña y de la niebla. Hubo un momento en el que las luces de los rayos me llenaron los ojos, los truenos retumbaron en el cielo y la neblina no me dejó ver nada hasta que la voz de Noa oscureció el sol, y ya sé que no es posible, ya sé que fue por el estado en el que me encontraba, sudando en la fría caldera del volcán, borracha de percusión y de truenos y de un sol tapado por las nubes. Ya sé que no pasó, y qué importa, si fue lo que la música me hizo ver.

PEDRO

La ballena-sirena daba saltos sobre la laguna y volvía a hundirse sin provocar ni una sola ola. Su piel cambiaba de negro a blanco, de blanco a amarillo, de amarillo a azul, y sus aletas eran las alas abiertas de un cóndor. Quise mostrarle a Carla el prodigio de una sirena nadando en el cráter de un volcán, pero ella había desaparecido. Me sentí amenazado: no sabía cómo protegernos de la tormenta que se aproximaba. Estábamos perdidos el uno del otro a pesar de amarnos. A pesar de estar lo más cerca que se podía estar de alguien, no conseguíamos vernos, ni escucharnos, ni saber lo que el otro deseaba. Tampoco podíamos salvarnos de esa distancia porque era la que nos correspondía. Alucinábamos por separado, éramos dos y no uno.

Yo había soltado la mano de Carla pensando que podría regresar, pero a veces irse significa renunciar a volver.

Observando la ballena-sirena, su vida radiante en cada rompedura, vi cosas increíbles en el agua: mi infancia, el asesinato de mi padre y de mis amigos, la compañía de Carla y su amor por las estrellas, los planetas y las galaxias. Vi nuestra música, nuestros bailes, mi deseo por otras mujeres, los rostros de los muertos que no conseguía olvidar y, embebido de esas imágenes, pensé en lo bueno, en lo malo y en lo terrible: en lo viejas que eran las montañas y los volcanes, en lo viejo del agua, los peñascos, las rocas, los valles, las nubes, el cielo y el sol. Pensé en lo anciano que era el canto que salía de las ballenas, un canto del tamaño del universo que incitaba a las piedras a elevar sus propias voces. Nunca había escuchado una música océanica, geológica e intergaláctica. Hasta los meteoritos cantaron en el espacio y yo escuché atónito su canción. Las piedras gritaron sus notas milenarias y las vi moverse hacia el centro de la caldera del Altar. Fui testigo de una ceremonia, pero esa música no era mía y sus sonidos me alarmaron.

Me vi solo, llamando a Carla sin que me contestara en medio de grandes devastaciones. Esa fue la premonición que el volcán puso en mí.

MARIO

La niebla nos hizo colisionar y nos gustó harto. Empujarse con fuerza es placentero. Agarré la mano de la Adriana y del Julián. Éramos los diablos de montaña, las cabezas espirituales girando en la gran fiesta del sol. Hablar estaba prohibido: un Diabluma guarda el silencio, nomás que ellos se soltaron de mí y su baile frenético me espantó. Aullaron. Se lanzaron al borde del agua. Se doblaron. Formaron arcos, remolinos. Hicieron gestos con las manos. La Adriana hizo volar su cabello en círculos tan rápido como pudo, andando al revés. El Julián chocó sus dientes como si fueran castañuelas. Enfebrecidos estaban, electrificados, pues. Regalaron sus huesos al agua porque en agua se convirtieron sus esqueletos. Un delirio salvaje fue el suyo, un delirio distinto al del baile solar.

Detrás de la neblina vi al Pedro solito, caminando como borracho. Hablaba de sirenas y de ballenas y señaló la laguna donde la Adriana y el Julián bailaban.

Las cantoras cantaron: ¡kulun, kulun!, zapateando en el agua.

Mis compas doblaron sus espaldas, acercaron sus frentes al suelo. Se desencarnaron, digo yo. Se espasmaron. Yo oí la sangre en mis tímpanos por culpa de la voz abierta de la Noa. Miedo me dio su canto sin cuerpo. Tenía una voz de dos lenguas, solo que igual yo me puse a buscarla. Salido de mí mismo fui, abrazado a la luz y a la tiniebla de su canto. La máscara del Diabluma se me pegó a la piel y purita plenitud endemoniada sentí, puritita gloria oscura.

La música y la danza son el arte del latido. Tiempo, energía y espacio. Mente, cuerpo y corazón. Bailando hasta la muerte me vi y tras la muerte vi el baile de las montañas. El baile de los volcanes. Bello fue ese futuro. Estamos juntos y estamos solos, es así.

PAMELA

Yo no estaba lista para el sufrimiento del vientre, no, aunque llevábamos horas en las nubes, tocando, bailando, jadeando y gritando y qué otra cosa podría pasar sino el dolor, qué otra sino el placer que viene con él. Había empezado a garuar y el agua sonaba a miles de años de evolución, a encantamiento que entraba en mi tambor igual que los truenos que acentuaban las voces de las tzantzas de la caja ronca de Fabio. Él también había tomado lo que nos ofreció el Poeta y yo lo escuché delirar sin hacer a un lado su caja, obvio, estaba absolutamente comprometido con el sonido que llama a la muerte, con las cabecitas de cuatro enemigos de los shuar rebotando al interior por la vibración de los golpes. La cosa es que de pronto oí a los muertos levantados por mi tambor y por el canto de Noa, la fuerza de la música conectando con el mundo de los espíritus, y me asusté, claro que sí, claro que tuvo sentido que en mi viaje interior yo escuchara a quienes se han ido, a mi ñañito lindo, a todos cantando desde el más allá una canción parecida al yaraví, pero en un idioma ininteligible, porque eso es lo que pasa cuando mueres: ganas una lengua que solo puede ser entendida en el otro mundo, tenaz. Tenaz que los rayos cayeran como si la voz de Noa los pariera. Ninguno de nosotros era especialmente talentoso, pero estábamos allí ardiendo de ganas de escuchar para salvar el oído, ¿cachas? Quiero decir que lo espiritual es oír y que oír es mágico, que un sonido es Dios y también un fantasma que trae lo invisible y se mete dentro, muy dentro, y que cualquiera puede estar poseído por los sonidos y hacer de sus males una melodía, un ritmo, un canto. La música piensa mejor que la cabeza porque no sabe temer, va hasta donde el pensamiento tiene miedo y nos lleva al principio: a las historias que cuentan que los cantos salen de los cuerpos rotos, que unen lo desunido y cosen lo descosido, que los instrumentos no suenan, sino que cantan. Yo oí en mi tambor el canto del ciervo y de los músicos jóvenes que fueron atraídos por la sirena, pero también a los sepultados por los terremotos y las erupciones, a los que morían en las calles y en sus casas por culpa de la injusticia y del hambre, sí. Los que estuvimos en El Altar hicimos una cosa contra la muerte: permanecer vivos y despiertos y brillantes a los pies de los rayos y de la tormenta, y fue de esa manera que me vino a la mente un momento en el Valle de Collanes al atardecer, cuando Fabio, Adriana, Mario, Julián y yo íbamos casi corriendo hacia el bosque de polylepis y vimos a un zorro alimentándose de un bulto negro, negrísimo, que era un caballo niño que nació muerto. El trance trae recuerdos, ¿cachas?, y yo recordé los ojos del zorro, la sangre en su hocico, al pequeño potrillo abierto junto al riachuelo y pensé que ese era un sacrificio que perpetuaba la vida, un suceso necesario, una parte inevitable y gloriosa del ciclo de la naturaleza. La música va de ese sacrificio y se alimenta de lo perdido igual que el zorro: hace que la pena sea rabiosa y conmovedora e incluso alegre, ajá, porque si la sentimos es que algo aún guardamos dentro que nos hace cantar, algo sensible dispuesto a surgir de las cenizas para retornar de otra forma. La fiesta se arma sobre lo perdido y sobre lo que perderemos, decía Mario con toda la razón del mundo, lo malo es que nada de verdad revive y lo que se pierde nunca regresa sino su fantasma, pero la música pide un sacrificio y una resurrección, le exige a la vida seguir después de la muerte y nos asegura que el poder de matar no es nada al lado del poder de conjurar. Nos dice: un asesino es poco frente a quien le devuelve la vida a un muerto. Yo creo que Noa lo entendía muy bien y que por eso cantó dos notas, un canto difónico que fortaleció las punzadas de mi vientre. Con las manos extendidas, los ojos blancos y los rayos estallando en el cielo, ella entonó como una gran chamana eléctrica atravesada por la voluntad creativa e iluminadora del sufrimiento, y los muertos la imitaron en una lengua distinta a la hablada, una plenamente musical que entró en mi útero, una música que fue toda muerte llamando a mi deseo más hondo. Yo sé que tocaré con mis muertos hasta el día en el que me les una en la vasija de barro, el origen que es vientre y tumba, y me descomponga igual que los que han estado y los que vendrán, pero en la montaña lo descubrí recién y, llorando, puse la mirada en mi cuerpo de zorro que llevaba horas derramando la sangre sacrificial de mi hije sobre las piedras.

PEDRO

Perdí a Carla en el volcán donde la sirena elevó una canción petrificante. Su música me impidió andar. La dureza pasó de mis huesos a mis músculos: fui una piedra humana, luego solo una piedra fría y gris atravesada por rayos cósmicos. Me asustó mi propia inmovilidad y no poder ir a buscar a Carla. Oí los sonidos entonados por las rocas terrestres y espaciales. Miles de años pasaron ante mis ojos. Retrocedí al inicio de mi vida como piedra, cuando era parte del volcán y este todavía estaba activo, pero los cantos me empujaron al origen mismo de la cordillera andina. Vi la placa de Nazca introduciéndose bajo el continente, la elevación de las montañas y el surgimiento de los volcanes: millones de años en cuestión de minutos, del Cretácico al siglo XV, la última erupción del Altar, y lo vi morir conmigo en su caldera, extinguirse igual que cualquier estrella de la Vía Láctea. Mi cuerpo se ablandó y se endureció en ese tiempo, entonces las voces me arrastraron nuevamente atrás y vi la tierra formándose, un amasijo de rocas calientes que se secaron y se volvieron sólidas para contener el agua. Allí estuve, pero siendo una roca rota en varias piedras litófonas donde se escribieron canciones hurritas, oraciones al maíz, himnos délficos a Apolo. Sufrí la herida de las palabras en mi aspereza, los golpes para sacar de mí una voz, el rasgado y el pulido continuo hasta que una mano de mono evolucionado creó una Venus de Valdivia bicéfala y un cuchillo con mi materia, una Venus sonajero y una Venus lechuza. De mi sexo salió un San Biritute y en mi piel fueron pintados el cielo y el gran hechicero: un chamán mitad hombre, mitad oso, caballo, ciervo y bisonte. Fui el primer lienzo en la nocturnidad de la gruta, la madre piedra donde el hombre quiso perdurar. No sé mucho, pero sé esto: lo mineral persiste aún cuando nos hemos ido. Estuve en cientos de formaciones como el Oído del Chimborazo y esperé durante siglos junto a los pajonales y la arena, rodeado de alpacas y colibríes, con la barriga llena de ofrendas. También fui a las ruinas de Ingapirka antes de que se convirtieran en ruinas, encarné piedras con petroglifos tallados y estuve en la erupción de los volcanes Corazón, Ilaló, Carihuairazo, Reventador y Pululahua. Habité el bosque de Puyango durante la petrificación de sus árboles, me hice tronco araucario y óseo por culpa de los cataclismos y tomé la forma de hojas, conchas, almejas, caracoles y amonites. Una hoja transformada en piedra es milagrosa porque lo mineral le enseña el espíritu de la duración. Fui también la Casa del Cóndor de Piedra, el Kuntur Rumi Wasi, las caras de Huasipamba, y observé sesenta mil años de cambios en el paisaje en cuestión de minutos. Ante mí se inclinaron cañaris que me creyeron un dios bueno hecho de peñasco y yo no quise engañarles, sino decirles que era una hoja, un pedazo de asteroide, un tal Pedro del futuro, pero una piedra carece de lengua y solo canta. Volví al Chimborazo, reboté en el suelo y pueblos enteros me adoraron ofreciéndome sus llamas y sus niños. Una eternidad pasó y la vida me regaló montañistas. Fui parte de la cumbre y a veces me caí sobre hombres y mujeres que se quedaron conmigo un poco. No sé cómo es que tenía ojos, pero siendo piedra nos miré en el Ruido y en cuestión de un pestañeo me transformé en uno de los picos del Altar sosteniendo el peso de un viejo cóndor. Frente a ese tiempo geológico la vida de Carla fue más corta que los días de florecimiento de una chuquiragua. La canción de la ballena–sirena en la laguna me pidió la protección de ese florecimiento y lo hizo con sonidos, no con palabras. Cada sonido fue una flor creciendo en el vientre de las piedras y de los meteoritos. Yo vi eso sin poder

moverme, pero Carla me encontró, me dijo que me levantara y su voz me hizo humano otra vez. Fui persona y tuve el
presentimiento de que ella moriría pronto o de que moriría
yo, de que me dejaría o de que yo la dejaría a ella. Presentí lo
que iba a pasarnos, no los detalles sino la experiencia general.
La carne no dura lo mismo que las piedras y es triste que así
sea. El amor no puede petrificarse, apenas es una flor y no
sobrevive cien años, no alcanza la edad de la obsidiana, ni la
del hielo del Chimborazo, ni la de los picos del Altar. El amor
es más corto que nosotros, puede llegar a ser más grande pero
nunca más viejo. Lloré sobre los pies de Carla y recuerdo que
le dije: ojalá me llegue la muerte cuando se acabe lo que siento por ti. Es atroz sobrevivir a lo que nos hace delicados, es
pavoroso que la vida siga después. Yo no quise que nos aca-
báramos, Carla. Por ti fui humano de nuevo.

MARIO

Un relincho se oyó muy cerca, nomás que un caballo no puede trepar hasta la laguna, no hay manera. Yo me dije: vino de lejos. Los truenos confunden al oído, se sabe, solo que yo había visto a la Noa con sus ojos blancos de yegua ciega cabalgando encima de nuestras pesadillas. Sus ojos traían los relámpagos. Pese al miedo yo seguí bailando hacia la luz.

Con el cuerpo y con el pensamiento arrebatados, bailé. Pegué a las piedras con mi látigo y en nombre del Inti ellas bailaron.

Bailó la montaña, bailó la tierra, bailó la laguna. Cuando uno salta todito se mueve. Pupilas nuevas salen de tu cráneo: es la segunda cara del Diabluma, la que mira por la espalda.

Respiré doble. Floté.

Una máscara quemada pasó junto a mí recitando. Un Diabluma con la cara achicharrada que era el Poeta bien agarrado a su instrumento. Danzó con los pies desnudos y las manos sucias. Cantó poemas de ballenas jorobadas y de sirenas andinas nadando en los volcanes nevados.

El poder del sonido es mayor que el del sentido, eso se sabe.

Zapateé en el volcán junto al canto descarriado de la Noa. Un canto que iba al derecho y al revés: una voz doble, una canción y un relincho como el largo diablo del volcán. De la garganta de la Noa salió su primera voz hacia delante, su segunda voz hacia atrás. Pasado y futuro, pues. Pasado y futuro en el Kapak Urku.

Dicen que la música saca lo doloroso y lo muestra, nomás

que sin resolverlo. Nada queríamos nosotros resolver, solo conmovernos. Miré harto a la Adriana y al Julián: sus contorsiones, sus espaldas arqueadas y sus cabezas queriendo alcanzar la tierra. Caer hacia atrás es bien difícil cuando el cuerpo es purito presente. No queríamos borrar lo doloroso, solo sobrevivir a los relámpagos. Yo digo que una pesadilla es oscura, pero alumbra una danza de la mente. Crea bailes endiablados que nos hacen amar la vida. Si no tenemos casa, si nos sentimos solos, es porque cargamos con amores débiles en el corazón. Lo que importa es el baile: el que baila ama fuerte.

Sentí compasión por nosotros. El mal del rayo es saber que después del relámpago la noche sigue.

¡El futuro es el baile!, grité rompiendo el silencio del Diabluma.

Era necesario: el baile hace del cuerpo una casa.

PARTE VI

CUADERNOS DEL BOSQUE ALTO III

Año 5540, calendario andino

El miedo respira en el fondo de un hombre desde que este nace hasta que muere, pero fue Dios quien puso allí el miedo para que el hombre se encuentre a sí mismo.

Es un espejo certero. Refleja el pasado y aquella palabra que fue pronunciada varias generaciones antes de que naciéramos.

La música convoca esa palabra.

Basta ser sensible a los sonidos del bosque para entender la diferencia entre un canto natural y uno sobrenatural. Las canciones de mi madre tocan el miedo que Dios puso en los hombres y lo consuelan, pero yo no quiero que nadie consuele mi miedo.

Quiero que sea mi espejo certero.

El Gobierno decretó estado de excepción y toque de queda. Lejos de esta montaña la erupción del Tungurahua, las masacres en las cárceles, las bombas, los asesinatos y los secuestros continúan. Aquí estoy a salvo del ruido de la violencia. Siempre ha sido así:

arriba el mundo fluye fuera de mi sangre. Pero todo lo que arde, tarde o temprano, sube.

Mi hija y su amiga tuvieron una pelea. Como no quise entrometerme, salí con Sansón al pueblo.

La disputa empezó por mi causa: durante el desayuno le pedí a Noa que les dijera a los Diablumas que se alejaran de mi finca. Mencioné que la vi charlar con uno de ellos para que supiera que estoy al tanto de lo que ocurre en mi casa. Si me abstengo de preguntarle quiénes son, o por qué nos acechan, es por respeto a la distancia que hay entre nosotros, pero a veces pienso que evito cualquier tipo de acercamiento por temor a conocer a mi hija. También es posible que sea lo contrario: que solo consiga acercarme a ella siempre que no intervengan las palabras. Una conversación padre e hija carece de propósito cuando uno de los dos se niega a enmendar el lazo familiar. Yo tomé una decisión de la que nunca me he arrepentido. Ahora nos une la ausencia más que la presencia, el deber más que el amor, pero lo que siento por mi hija está más allá de la culpa: es un afecto que no crecerá y que me habita con la misma fuerza que las ganas que tengo de alejarla.

Soy consciente de que Noa dio el primer paso al venir a buscarme.

Ella espera que yo dé el siguiente.

En su rostro veo una clase de tristeza que todos heredamos de quienes fueron expulsados del paraíso. No hay edad para la pena que bebe de la desprotección, así que los desprotegidos cargamos con ella intentando recuperar la tierra labrada por Dios. Yo lo hago en este bosque y en esa montaña, mi hija es demasiado joven para haber descubierto su propio lugar de consuelo.

Quisiera tener el valor de decirle que lo que está perdido jamás regresará:

ya no seré su padre y ella ya no será mi hija.

El intento de recuperar lo perdido es un proyecto fracasado, pero emprenderlo nos ayuda a llevar la pena dignamente.

Nicole no sabía que Noa había hablado con uno de los Diablumas. Es una chica de ojos incultos que miró a mi hija con dureza. Desayunamos en silencio y, luego, ellas se encerraron en una de las habitaciones desde donde las oí discutir. Ignoro si el acoso al que estamos siendo sometidos escalará en intensidad, solo sé que Nicole rechaza a esos chicos tanto como yo y que, en cambio, Noa los recibe con calma.

Los Diablumas quieren algo de ellas, de lo contrario no las acecharían.

Yo soy un daño colateral.

Bajé al pueblo y la tienda estaba cerrada, pero un hombre apareció y me dijo que tuviera cuidado con los militares que andaban por la zona. La mayoría de los habitantes del pueblo viajaron a Quito para sumarse a una protesta. No quedaba ninguna persona en la aldea, excepto él.

Me quedé aquí nomás, dijo.

Era un anciano con los ojos cubiertos de cataratas. Pocas personas piensan en el futuro en estas tierras. Los jóvenes se van y el resto, los que no pueden marcharse, saben que las cenizas seguirán cayendo, que los terremotos se tragarán lo que resista y que la vida continuará desfigurada por la violencia hasta que ella misma sea indistinguible de la muerte.

Mi madre le arrancaba el futuro al vuelo de los pájaros, pero era un mañana ficticio donde aún cabía la esperanza.

Pocas personas son como mi madre.

Pocas se inventan el futuro.

Aproveché la oportunidad para preguntarle al anciano por los Diablumas. Me confesó que su nieta los había visto un par de veces.

Ni contestan cuando se les habla, dijo.

Sansón respiró sonoramente durante el camino de regreso.

En la finca no quiso comer y se echó triste sobre la alfombra del salón. Tiene comportamientos extraños, aunque es la primera vez que deja de alimentarse.

Lo llevaré al veterinario. Es un perro fuerte y fiel.

Compadezco a mi hija. Ha querido consolarse en mi palabra. No sé quién es, solo sé que se parece a mí. Dios nos hizo temblorosos en un mundo sin piedad y nos dio un refugio para que protejamos la vida en nosotros.

Yo encontré descanso en la casa de mi madre.

Noa debería compadecerme a mí también.

Esta mañana Sansón no pudo levantarse de la alfombra. Tuve que llevarlo en brazos a la camioneta.

El peso de un perro es el de un niño,
por eso su amo lo considera un infante
y lo trata como tal,
y lo ama como tal.

Mi hija se ofreció a acompañarme, pero le dije que tardaría muy poco, que prefería que fuera preparando la comida con su amiga.

Hasta el momento quien se encarga de los quehaceres es Nicole: Noa se muestra desinteresada en las labores de la finca. Su tiempo está dedicado a permanecer cerca de los objetos de mi madre como si estuviera a un paso de hallar lo que yo encuentro en el bosque.

La he escuchado cantarles a las sirenas, ponerse la ropa de mi madre y deambular por la casa con pasos que me recuerdan a los suyos:

lentos y ligeros.

Levitantes.

Ella entiende a su abuela y la interpreta a través de sus posesiones. Se le parece en gestos. No es mi madre: es mi hija. Sin embargo, las dos han conectado por encima de la muerte que las separa. En cambio nosotros, padre e hija, que estamos vivos y que respiramos el mismo aire vaporoso y vegetal, somos incomprensibles el uno para el otro.

Dos animales que ocupan árboles opuestos:

un escarabajo y una tórtola,
una liebre y un halcón.

Tenemos hambre y sed, pero comemos y bebemos de aguas que no se tocan. Miro el bosque y, donde Noa ve la casa de los cantos de su abuela, yo veo el ojo abierto de Dios. Sé que es Dios quien me mira con los yaguales, con los cuyes y con los caballitos del diablo; que cada animal y cada planta es parte de su perfecto glóbulo ocular.

El bosque es un ojo, no una casa.

Un ojo divino que guarda visiones elementales.

Quiero ser generoso, mi espacio es lo que tengo para dar. La hospitalidad es esto:

abrir los brazos sin preguntas,

sin condiciones.

Decir: mi tierra es tu tierra, puedes quedarte y jamás te echaré.

Decir: aunque mi deseo es que te vayas, te he creado y te debo un refugio. Aquí está, tómalo. Con mis manos te alimentaré y protegeré sin esperar nada de ti.

Esa generosidad es la que quiero en el centro de mis actos, así limpio mi corazón de canciones oscuras, pero es insuficiente. Noa conoce esta verdad, por eso nos cuesta estar juntos. Mantenemos una cordialidad fría, protocolaria, que con el asunto de los Diablumas no ha hecho más que afianzarse.

Lo que sostiene nuestra convivencia es el deseo de ser mejores, pero a veces hay que aceptar la lejanía que nos defiende del rostro detrás del rostro.

Sansón y yo tomamos la carretera hacia Chambo. No hubo ningún otro vehículo: la vía estaba desierta. Acudimos al veterinario de siempre y, por primera vez, advertí que tenía labio leporino. Ese hombre ha vacunado, castrado y sanado a mis perros, pero solo hoy lo he visto realmente. Solo hoy podría dibujar su rostro.

Estoy ciego a los demás.

Dios desprecia este defecto.

¿Cuántas cosas mi hija vino a poner frente a mis ojos y me han pasado desapercibidas? Mi mayor pecado es lamentar la presencia de la gente, necesitar de la soledad para ser noble.

Algunos animales nos guían en la ceguera y nos enseñan a cuidar de lo que no entendemos. El veterinario le hizo varios exámenes a Sansón y yo le compré una comida especial que pensé que le gustaría. No me preocupé, por algún motivo creí que su problema de salud sería solucionable, pero cuando los resultados llegaron noté en la cara del médico el malestar por lo que estaba a punto de decirme.

Cáncer avanzado.

Aunque existen métodos paliativos, su recomendación fue que lo durmiera para evitarle un sufrimiento mayor.

¿Le duele mucho?, le pregunté.

Sí, me respondió.

Salí a la calle y me compré una cajetilla de cigarrillos. Fumé dos aunque hacía años que no lo hacía. Las manos me temblaron de principio a fin.

El procedimiento fue profesional. Acaricié la cabeza de Sansón y lo contuve hasta que se dejó ir.

Cuando la muerte se introduce en un perro los ojos le cambian, se vuelven vidriosos y opacos, y el cuerpo se transforma. Ya no es un niño, sino un muerto. Algo se marcha sin posibilidad de retorno y algo nuevo llega y se ancla: un tiempo que anuncia la proximidad de la descomposición, un olor que te obliga a tomar una distancia definitiva.

No me permití llorar hasta que regresé con Sansón a la camioneta. Junto a su cuerpo puse la comida que le había comprado y que él ya no probaría. Lloré agarrándole una de sus patas delanteras, su favorita, la que utilizaba para pedirme cosas.

Me costó recomponerme. A los sesenta años soy ya demasiado viejo y no odio nada, he alcanzado ese estadio en el que doy por bueno lo que existe. Toda mi vida me he relacionado de cerca con la muerte para conocer su funcionamiento. Aun así, nadie sabe lo que es la muerte hasta que siente la ausencia de un cuerpo cálido al que quiso puramente.

Chambo estaba casi vacía y había militares en el parque central. Hice el camino de vuelta con la cabeza agobiada por la pena.

Ya en casa, le pedí a Noa y a su amiga que me dejaran solo. Esta noche el perro me acompaña en mi habitación. Mañana lo enterraré, pero ahora su forma está conmigo.

No voy a naturalizarlo.

No quiero que su muerte dure para siempre.

Mi hija me ayudó a enterrar a Sansón en el bosque. Intenté hacerlo solo, pero no aceptó mi negativa. Escogimos un yagual recién florecido y removimos la tierra a su lado. Fue un trabajo duro en el ojo abierto de Dios.

Cuando acabamos, Noa me dijo:

me iré esta semana,
los Diablumas me están esperando.

Me quedé quieto, sin saber qué decirle. En mis pensamientos estaba el cadáver del perro que antes fue un niño y el color de su tumba.

Ella continuó:

no creo que nos volvamos a ver.

La hospitalidad no basta: es el amor el que hace que el verbo de un padre sea transparente. El amor nos obliga a hablar para unirnos al otro, para tocarlo con nuestro espíritu, y hace que nos inclinemos hacia la bondad a través de una profunda preocupación por las necesidades de los demás.

Yo renuncié a amar a mi hija de ese modo.

No hay nada que tenga más en común
con Sansón que la muerte.

¿Qué clase de hombre soy?, me pregunté en silencio, pero a Noa le dije:

lo lamento.

Y mi hija me sonrió por primera vez:

yo también.

Podríamos habernos dicho lo que estaba implícito.

Que nos quisimos como padre e hija hace años.

Que ese afecto ya no existía, sino el respeto a su memoria.

Que yo sentía haberle hecho daño.

Que a pesar de ello lo volvería a hacer
porque fue la única forma que encontré de sobrevivir.
Que ella hubiera querido
no conocer el dolor tan pronto en la vida.
Que no estaba segura de poder perdonarme.
Que quería hacerlo.

Pero Noa prefirió contarme:

después de que te fuiste, empecé a soñar con ruidos que solo tú hacías. Te escuchaba regresar y oía tus pasos y las puertas y las ventanas que cerrabas y los sonidos de cuando limpiabas la pistola de mamá y tu rifle. Oía eso en mis sueños y me ilusionaba con que volvías, pero me despertaba sola y mojada en mi propio pis. Me hacía pis en la cama de tanto extrañarte y del miedo que me daba extrañarte. Ni las balas, ni los muertos, ni los terremotos me hacían eso. Es un alivio que no se pueda extrañar para siempre. Lo del pis me siguió pasando hasta que cumplí los catorce. Quiero que sepas que te esperé todo ese tiempo. Quiero que sepas que alguien te necesitó así.

No pude decirle nada. A veces duele el sentimiento que no está, el vacío que debería permanecer ocupado.

Mientras salíamos del bosque recordé que, años atrás, un yagual parecido al de la tumba de Sansón se prendió fuego de forma espontánea. Unos chagras me explicaron que el fenómeno es conocido como «rayo durmiente» y que se produce cuando a un árbol le cae un rayo y lo guarda en su interior hasta que, veinticuatro horas después, este se incinera por la electricidad latente en sus raíces.

Hay sucesos que son inevitables, fuegos que esperan el momento oportuno para prenderse, finales que tardan lo suyo en llegar.

Lo lamento mucho, le dije a mi hija.

Las palabras no son suficientes.

Los pájaros conocen cosas ocultas, decía mi madre.
Hay cantos que sanan el cuerpo y el alma.
Cantos que son plegarias para los difuntos.
Cantos que elevan pueblos, árboles y montañas.
Cantos que resucitan colibríes.
Cantos que llenan el cuerpo de energía para la caza.
Cantos que cortan las cabezas de nuestros enemigos.
Cantos que sueltan la pena y la atan.
Cantos que profetizan.
Cantos que enferman.
Cantos que nombran.
Cantos que hacen crecer el deseo.
Cantos que doman animales indóciles.
Cantos que calman terremotos y erupciones.
Cantos que producen temblores de tierra
y estallidos de volcanes.
Cantos que atraen a los peces y a la lluvia.
Cantos que exploran dolores.
Cantos que alimentan alegrías.
Cantos que seducen.
Cantos que invocan lo sagrado.
Cantos que hacen aparecer a los muertos.
Mi madre llamaba con su voz a las aves que desde el principio de los tiempos hablan la lengua original.
Wawita mía,
todos los seres que tienen espíritu cantan
aunque no podamos oír sus canciones.
Decía: debes aprender estos cantos o estarás dentro de la vida, pero desconectado de ella.

El cóndor volvió y lo vi planear en dirección a la quebrada. Un presagio es un recuerdo, una serie de imágenes que se articulan para anunciarnos lo que sentimos durante la tormenta y lo que sentiremos mañana bajo el sol.

Mi hija canta en medio de la noche una canción que abraza la oscuridad. Solía cantarla mi madre para ayudarme a dormir, pero no funcionaba porque en su voz había dos voces.

Quesintuu y Umantuu.

La música es una expedición nocturna.

El recuerdo presagia.

Desarrollé insomnio crónico después de ver el linchamiento en el barrio. No conseguía dormir más de tres horas seguidas, estaba destruido y apagaba las luces para imaginar que la noche eran mis ojos descansando al fin. Sin trabajo y deprimido, dejaba pasar las horas. Por la mañana hacía el desayuno para Mariana y para Noa, llevaba a Noa a la escuela, limpiaba la casa, lavaba y tendía la ropa, cocinaba, recogía a Noa de la escuela por la tarde, servía y recogía la mesa, lavaba los platos, ayudaba a Noa con sus deberes de matemáticas, la bañaba, la vestía, cenábamos con Mariana, acostaba a Noa, acostaba a Mariana, y me iba al salón donde apagaba las luces y permanecía despierto en la oscuridad.

Esa era mi rutina.

En ocasiones también ayudaba a los vecinos a recoger los cadáveres de las calles. Al principio esperábamos a que viniera la policía e hiciera lo que tenía que hacer, pero tardaban horas, incluso días en llegar, y mientras tanto el barrio convivía con el cuerpo en descomposición de alguna persona asesinada por los sicarios. No queríamos que los niños lo vieran: cubríamos los cuerpos, los movíamos de las vías y limpiábamos la sangre.

Nos informábamos los unos a los otros de qué calles evitar.

Nos turnábamos la llamada y la insistencia a la policía.

Después del linchamiento aparecieron en el barrio cadáveres abaleados, decapitados o torturados. Hombres y mujeres que residían en otros sitios de la ciudad, pero que los sicarios traían a nuestras puertas para amenazarnos. Las bandas sabían lo que habíamos hecho: el cadáver del chico al que matamos estuvo en la calle hasta que un vecino desesperado lo quemó. Por más que cerramos las ventanas un olor agrio y nauseabundo entró en las casas de la cuadra. Una peste insoportable que impregnó todas las cosas.

Un olor del pasado. Mi insomnio era ese olor en el pelo de Mariana y en el de mi hija, los gritos y los llantos de las personas que desalojé, la certeza de que jamás podría ser un hombre bueno o amar a Dios con el corazón liviano.

No acostumbraba a hacerlo, pero un domingo llevé a Noa a cazar al bosque. Hicimos un viaje de cuatro horas en el carro de Mariana y, durante el camino, pusimos la radio. Desconozco qué música escuchamos en ese tiempo de ascenso. Recuerdo que era instrumental, sosegada, como la respiración de la niebla. En mis oídos era casi inofensiva, casi grata.

Debemos tener cuidado de lo que se nos acerca delicadamente.

Cuando llegamos, Noa se puso a hablarles a los hongos que iba encontrando en árboles y en cadáveres de insectos. Yo me eché el rifle a la espalda y avancé hacia el interior de ese organismo vivo que no sabía nada de la crueldad. Caminamos hasta un punto enmarañado del bosque y allí le expliqué a mi hija la importancia del silencio.

Le dije:

si hablamos muy alto ahuyentaremos a los animales.

Le enseñé el arte del rastreo. Vigilamos las marcas en las plantas y en la tierra. Interpretamos las huellas de los conejos.

Una huella conserva el tiempo, le dije. Leyéndola puedes saber la edad de tu presa y el momento en el que estuvo aquí. Puedes descubrir hacia dónde se dirige.

¿Y si no quiere que la sigamos?, me preguntó Noa.

Insistí en mi labor pedagógica. Le expliqué:

es sencillo determinar si una huella es fresca o antigua, lo único que tienes que hacer es fijarte en sus bordes. Si la huella tiene agua, sabrás que es vieja por su transparencia. Si el agua es turbia, la huella es reciente. Ella tarareó una canción y yo encontré una gota de sangre con la forma de un cometa. Reposaba sobre una hoja seca caída en un lodazal. Mi propia sangre reaccionó ante la belleza de su hermana. Mijita, ven, le dije a Noa. Las puntas del cometa señalaron unas huellas equinas que descendían hacia el oeste. Seguí su rastro dejando a mi hija unos metros atrás y, al cabo de unos minutos, me vi frente a una yegua blanca que llevaba horas muerta. El animal estaba tendido sobre unos arbustos a los que había destruido con su peso. Me desconcertó que tuviera la crin hacia arriba, como si aún corriera y el viento la despeinara. Por lo demás parecía dormida, salvo porque sus ojos se mantenían abiertos.

A mis espaldas, mi hija iba canturreando, despreocupada, uno de los cantos de mi madre.

No le presté atención hasta ese momento: la atención del cuerpo es distinta a la de la conciencia. Era imposible que Noa conociera aquel canto. Sin embargo, lo que sonó en mitad del bosque era la música inconfundible de mi madre en la voz de mi hija.

Miré el cadáver de la yegua: blanco como Dios y como la muerte, con un disparo en el cuello que apenas le permitió correr unos metros antes de la caída final, y me sentí extraño, confundido en medio de tanta potencia.

Recuerdo que mi hija hizo silencio. El animal tenía las rodillas delanteras dobladas y el morro herido y atado con una soga sucia. Su musculatura enclenque mostraba señas de maltrato. No cabía duda de que había sufrido, aferrado a la vida, largo tiempo antes y después de que la bala lo alcanzara.

Quien le arrebata su dignidad a un animal mancilla toda la creación.

Mi hija empezó a gritar:

¡Papi!

¡Papi!

¡Papi!

Pero su voz era lejana y una música desapacible siguió sonando en mi cabeza.

El pasado nos habita obligándonos a escuchar la verdad sobre quiénes somos y hacia dónde dirigimos la mirada. Yo ignoré a mi hija asustada en mitad del bosque, esa es mi verdad.

Atendí a la yegua.

Un animal posee los secretos de las montañas, misterios que están más allá del lenguaje y del pensamiento. Sus cuerpos nos cuentan lo que queda en los vestigios y en las huellas: la derrota de la belleza, el paso del dolor, la crueldad inagotable de los hombres y el movimiento infinito de Dios continuando a pesar de todo.

Imaginé la agonía de la yegua, pero la comparé con la mía propia y me sentí indefenso y desprotegido.

Me tambaleé, caí al suelo.

Algo familiar en ese cadáver lo hizo acercarse a mi padre y al caballo que lo mató; a mi madre, a los muertos arrojados en los barrios, al chico quemado frente a mi casa e incluso a mí mismo.

Abracé a la yegua sudando frío.

Estaba más quieta que la tierra.

Mi hija gritaba a mi lado con desesperación. Planeé dejarla perdida en el bosque y fingir que había sido un accidente. Fue una sorpresa que mi mente llegara a tanto, que mi infelicidad me hiciera contemplar el mal. Me odié por ello, pero también la odié a ella por demostrarme que yo era un hombre que no podía quererla con sinceridad.

Temblé de aborrecimiento.

Lloré como un niño.

Fui un niño.

«Las revelaciones son heridas en la noche», decía el canto de mi madre. «Viven en lo oscuro».

Perdí la noción del tiempo llorando sobre la yegua. Allí, desabrigado encima de la muerte, tuve el valor de admitirme quién realmente era: un padre que, a pesar de haber cumplido hasta el momento con sus obligaciones, no era feliz con su hija. Un padre que imaginaba un futuro sin ella como quien se ahoga y proyecta su salida a la superficie. Un cobarde, me dije, y el amor no puede ser cobarde, sino un corazón de venado aún caliente tras ser arrancado de su sitio.

Todos los órganos vitales se enfrían afuera de sus cuerpos y regresan al polvo.

Todo amor que es frágil, pesa.

La yegua estaba serena, como si reposara, y yo me vi llevándome el rifle a la boca para ser uno con ella. Había permanecido con Mariana y con Noa a costa de destruirme, tenía asumido ese sacrificio pero, abrazado al cadáver de la yegua, entendí que yo no era un padre ni un marido, solo un hombre cuyo amor era insuficiente. Vi mi sufrimiento con nitidez, como si fuera el de otra persona y, hundido en el pelaje de la yegua, casi ahogado en su peste, comprendí que si no las abandonaba pronto iba a acabar muriendo.

Una herida descubre
el paisaje interior que ignoramos.
Estar herido es el precio de la revelación.
La culpa será tolerable, me dije, pero no esta muerte.
Esta muerte no.

Amo a los ciervos,
a los conejos,
a las liebres,
a los zorros.
Amo a los perros, a las vacas y a los cuyes.

En la montaña mi amor no es cobarde, es suficiente. Le basta al bosque y a sus criaturas, le basta a mis animales. Soy un hombre decente aquí donde la vida y la muerte se distinguen.

Mi odio está enterrado:
vine al bosque alto y lo enterré.

No puedo decirle a mi hija más que esto:

Si escondo mis palabras es porque tendría que decirte la verdad o tendría que mentirte, y las dos opciones me alejan de Dios.

La verdad es que no te he extrañado a pesar de que habría dado la vida por ti.

Te quise mucho y después poco. Es triste que un sentimiento así pueda desaparecer.

Me alivia saber que vas a irte. Espero que encuentres consuelo y un lugar de descanso.

Es imposible que nos relacionemos mejor. Esta es la cercanía a la que podemos aspirar.

No deseo conocerte. Perdóname.

Nada de esto salió de mi boca ni saldrá. A veces el silencio es benévolo y la verdad innecesaria.

Ya van tres noches en las que he visto a los Diablumas acercarse a la ventana de la habitación de mi madre para llevarse a sus monstruos.

Hoy se llevaron a las sirenas.

Ayer a los gagones.

Antes de ayer al jarjacha.

Mi hija se los entregó imitando los sonidos de los pájaros. Sabe leer bien el libro de mi madre.

Se parece a ella.

Me tranquiliza que esté preparándose para irse, por eso le permito que se lleve lo que quiera aunque no me lo haya pedido.

Escuché un canto que les pedía a los árboles que vomitaran caballos.

Las palabras de mi madre en la voz de mi hija cruzaron los pasillos y me hallaron en mi cama, ya caído en el sueño. Conozco esa canción que se mete en las cabezas de los niños y se come sus pesadillas: es el canto que mi madre usaba para curarme el miedo, la música que hacía que los caballos salieran de los árboles para pisar mis terrores.

Cuando su mente empezó a fallar, y ya no recordaba ni su nombre ni el mío, mi madre elevaba sus cantos como si los leyera directamente del papel.

La música conmueve hasta al infierno, decía.

Noa cantó esa canción que robaba sueños utilizando las palabras sagradas en las que creía mi madre.

Me despertó su voz viajando igual que un fantasma a través del tiempo. Decidí asomarme por la ventana: afuera, los Diablumas bailaban iluminados por la luz de la habitación de Noa. Seguían el mando de las dos voces adentro de su voz y se movían como bestias excitadas por la música.

En sus últimos días, mamá solo recordaba las canciones con las que hizo un hogar en su cuerpo. Sus cantos la protegieron de la fealdad de la muerte y del paisaje desmoronándose. Con esas canciones creyó ayudar al pueblo, a su hijo y a sí misma. Hubo quienes confiaron en su música y se sintieron curados por su voz o vieron sus problemas resueltos.

La confianza hace eso en el corazón de las personas.

Cada uno de nosotros se aferra a la vida como puede.

Ella quiso legarme la forma que encontró de salvarse, su consuelo en un mundo donde hay que rezar por la supervivencia del asombro y de la bondad. Se lo agradezco, pero mi entusiasmo reside en la imaginación de Dios. Yo me salvo y me consuelo con él y en él, apartado de los cantos que conmueven mi propio infierno.

Agarrarse a la vida es difícil. Dios lo sabe, por eso su compasión es infinita.

Ahora el consuelo de mi madre es el de Noa.

La herencia ha llegado a su destino.

Al amanecer vi a mi hija abandonando la casa. Estaba sola, sin su amiga, y a la entrada del bosque la esperaban los Diablumas. Las palabras que se escriben son silenciosas, en ellas cabe el sonido de Dios. No hay verbos transparentes en la escritura, este es mi terreno. Escribo y no canto, escribo y no hablo, pero hago lo mismo que hacía mi madre: hay algo que quiero elevar del suelo. Ejecuto un acto de levitación. Este bosque, esta montaña y estas palabras son lo único que tengo. Espero que mi hija tenga algo. Espero que antes de que la tierra se abra y nos trague encuentre la ternura. Espero que flote. Y que, cuando el mundo se acabe, se sienta afortunada de haber estado aquí a pesar de lo difícil que es agarrarse a la vida. Ese es mi deseo. Estoy despierto.

PARTE VII

SIRENAS CANTAN EN LOS ANDES

Año 5550, calendario andino

NICOLE

Hay cosas que no se olvidan porque nunca acaban de comprenderse. Estábamos celebrando el Inti Raymi cuando el sol se escondió y la tormenta eléctrica hizo que el cielo fuera temible. Yo quería tener cerca de mí a Noa, pero la perdí porque la niebla cubrió la laguna y se volvió tan densa que fue como estar en una de sus pesadillas. Todo era audible en lo alto de la montaña: la música, los gemidos y jadeos de los Diablumas, las voces de las cantoras, los truenos reventando los glaciares, el wayra, los cóndores, los relinchos de los caballos asustados del valle y el silencio detrás de los sonidos. Era un concierto que cambió la velocidad de mi pulso.

Lo único que pude ver durante horas fueron los relámpagos, pero seguí caminando y apartando la niebla, guiándome por las voces y los instrumentos. Vi a Pedro comportarse de forma extraña junto al agua, a Mario intoxicado por el baile del sol. Más allá, Adriana y Julián se contorsionaban de forma dolorosa y lanzaban alaridos a los nueve picos de la montaña. Pam y Pablo se doblaban sobre sus tambores como si de ellos dependiera la vida en la tierra. Yo los vi mientras avanzaba y las nubes me descubrían de pronto la laguna, de pronto la lengua de glaciar, de pronto a alguna cantora o a uno de los desaparecidos. Todo parecía un mal sueño y empecé a temblar. Mis ojos lloraron solos. Encontré al Poeta con los brazos levantados al cielo encapotado: ¡solamente los desposeídos cantamos en serio!, gritó, como ballenas solitarias en el inmenso océano, como sirenas en los lagos de los volcanes. ¡Solamente perdiéndolo todo es que a uno se le llena el corazón!

Encontré a Noa poco después y noté que tenía los ojos volteados hacia el interior de su cabeza, la boca semiabierta y un aspecto atormentado.

Por favor, no bebas de lo del Poeta, le había dicho yo antes de que la locura comenzara, pero no me escuchó.

La última vez que la vi fue en la finca de su padre, cuando me dijo que iba a irse con los desaparecidos. Ellos nos persiguieron y aguardaron en el bosque y en la noche. Durante días nos rondaron cinco. Llevaban máscaras puestas, tal vez algunos de los de nuestro grupo estaban con ellos, solo sé que el Poeta los lideraba con el acial y que era él quien quería a Noa, él quien nos había subido a la boca de un volcán extinto y en ruinas para hacernos desaparecer.

Voy a irme con ellos, me dijo Noa en la habitación de su abuela.

No pude controlarme y le grité como jamás lo había hecho: desprecié sus inclinaciones, ridiculicé sus rituales, sus cantos y sus supuestas visiones. Estaba desesperada por mantenerla conmigo, por que siguiéramos siendo hermanas y planeáramos la vida juntas, escondiéndonos en los mismos rincones hasta que el mal nos encontrara, porque tarde o temprano nos iba a encontrar. El mal era una grieta de terremoto y un decapitado en una esquina de la memoria. Yo creía que nos necesitábamos para salvarnos de lo que habíamos visto, pero un amor con miedo es violento y abraza demasiado fuerte.

Te crees una chamana, le dije, pero eres una mestiza que juega con lo que no entiende.

Era yo quien no entendía lo que Noa estaba tratando de decirme. O sí, solo que me dolía.

En El Altar, las cantoras hicieron sonar sus chajchas y una quijada de burro que se carcajeó detrás de los truenos. Intenté mantenerme junto a Noa aunque ella se esfumaba a menudo en la niebla. Los Diablumas bailaban y los músicos tocaban como poseídos por la electricidad. Imitaban a los Chamanes Eléctricos recibiendo el golpe de los rayos sobre el escenario del Ruido, alcanzados por una música oculta que yo no quería sentir.

¡El rayo anuncia cuando una yachak va a nacer!, gritó alguien.

En algún momento escuché al Poeta desvariar sobre ballenas y sirenas andinas, recitar versos que hablaban de que los cetáceos eran genéticamente similares a las jirafas, a las ovejas y a los hipopótamos.

Hubo un hombre, no hace mucho tiempo,
que fue tragado por una ballena.
Su nombre era Ariruma, no Jonás.
La ballena escupió a Ariruma sobre el Kapak Urku,
porque antes de comerse a un hombre prefirió cantar.

Mientras yo buscaba a Noa escuché al Poeta decir cosas que aún recuerdo:

Sirenas cantan
con sonidos de muerte.

Cantan en los Andes, sasaka mía,
fueron de la tierra al mar,
de la tierra al mar.

Todos querían ver lo que el Poeta imaginaba y atendían a su voz tanto como a los rayos, al volcán y al ritmo de los instrumentos. Lo hacían para olvidarse de lo agotador que era resistir a las catástrofes entre los escombros: para inventarse un instante en el que fuera posible vivir y no solo sobrevivir.

Según Darwin,
las ballenas se parecen a los osos
pero ellas fueron perros,

cocodrilos,
nutrias.

Hoy navegan en la Vía Láctea y cantan
el gran poema del sol.

Sirenas cantan en los Andes.
Su nado es un galope.

¡Alegrémonos llorando!, gritó Pam a lo lejos. ¡Los volcanes son los lagrimales de la tierra! ¡Alegrémonos!

Su nado es un galope,
sasaka mía,
su nado es un galope.

Sirenas van de arriba abajo
y de abajo arriba
como caballos,
como llamas,
como venados.

Sirenas galopan en los Andes.
Sus cantos traen sonidos de muerte.

Estuvimos horas en la caldera y a ratos me detuve para descansar de perseguir a quien no quería ser encontrada. Tomé aire, me pregunté qué estaba haciendo allí, en medio de una exaltación que no compartía, y aguanté. Aguanté porque al menos una de nosotras debía mantener los pies en la tierra y cuidar a la otra. Noa nunca me pidió que asumiera ese papel, pero yo lo asumí como siempre lo había hecho, como si cuidar me diera un propósito en el mundo que de otro modo no tendría. Si dejo de cuidarla, pensé, lo único que me quedará será este rencor hacia una vida envejecida antes de tiempo. Nadie es joven con la muerte agarrada a los talones: lo primero que te quita la violencia es la juventud. Entonces pensé en lo triste que era admitir que, incluso en esa montaña donde lo que llevamos dentro es pequeño, yo era incapaz de imaginarme un futuro.

Al final de un canto se exhala, me susurró uno de los Diablumas en la oreja. Ssss. Ssss. Kusui. Kusui. Tserere. Tserere.

Encontré a Noa sangrando cuando su voz ya había pasado a formar parte de la música. Tenía una herida en la ceja y cantaba en dirección a los glaciares imitando a las cantoras, imitando al Poeta, solo que con un tono agudo y grave a la vez, sufrido y contento, ahogado y firme, una voz doble que jamás había escuchado y que me echó hacia atrás de la impresión. Es difícil explicar un sonido que lleva otro encima, dos voces saliendo de una misma garganta. Ella gritó y siseó. Usó un falsete, una voz nasal y una voz de pecho. Su canto fue suave y furioso, aunque parezca increíble, y atrajo a los desaparecidos que, abriéndose paso entre la neblina, bailaron alrededor de ella como si fuera el sol. No sé cuándo aprendió esa técnica vocal, solo que los demás la rodearon al pie de la laguna y que Noa cantó gruñendo, ululando y expandiendo sus dos voces igual que si expulsara un fantasma o se congraciara con él.

Las cantoras la acompañaron haciendo sonidos inquietantes, modulaciones de voz y repeticiones inarmónicas. Se clavaron los dedos en el cuello y los movieron como si pudieran tocar sus propias cuerdas vocales. Masajearon sus manzanas de Adán y, agitando sus mandíbulas, lograron parecer una sola voz de tres cabezas.

El Poeta se arrodilló con los brazos en dirección al cielo.

¡Somos hijos de las cenizas!, cantó. ¡Es desde la muerte y contra la muerte que la música se levanta!

Las cantoras se metieron en la laguna. A pesar de la distancia, las vi corear con los labios azules y con los cabellos flotando como algas sobre el agua del nevado. Chillaron, aullaron y trisaron. Rascaron con furia sus gargantas. Nadaron en círculos e hicieron bailar sus brazos en el aire. Noa las siguió caminando al revés, igual que en sus noches de sonambulismo, y a mí me asustó verla entrar en el ojo del volcán y sumergirse de espaldas a la niebla que cubría los picos de la montaña. Estaba fuera de sí, a ciegas, bufando y sacudiendo el pelo como un caballo. Las cantoras la rodearon enseguida y le acariciaron la manzana de Adán repetidas veces. Sus movimientos fueron tan ceremoniosos que creí que la harían cantar en el fondo de la laguna, que la ahogarían jugando a lo que estuvieran jugando, así que corrí hasta la orilla para rogarle que saliera.

¡Sal ya, por favor!, le grité nerviosa, y Noa me extendió su mano como invitándome a entrar.

Ven, me dijo.

El poder de un canto está en su capacidad de sugestionarnos: yo no quería oír el de Noa, pero fui atrapada por su voz igual que los otros y sentí nostalgia y dolor, asombro y derrota, vértigo y una sensación anticipatoria de la pérdida que estaba a punto de vivir. Recuerdo que empezó a cantar con las caderas hundidas en la laguna y que su canto sonó como si viniera de un cuerpo mucho más grande y fuerte. Que una de sus voces era aérea y la otra subterránea. Que una parecía viva y la otra muerta. En ese momento no entendí por qué quiso hacer lo que estaba haciendo, pero escuchándola, viendo su mano llamándome al agua, me di cuenta de que Noa sabía que yo no iba a seguirla y que, antes de dejarme, ella ya se había ido. Por lo tanto, importaba poco si la música tenía algo sobrenatural o no, si hacía visible un presagio previamente escrito en nosotros o si se lo inventaba, lo importante era que mi amiga, mi única amiga, iba a abandonarme en una tierra en la que era imposible sobrevivir sin tener a alguien a quien cuidar. Así que yo me volvería loca o moriría, pensé, porque no era capaz de acompañarla a donde ella pretendía que fuera, no era capaz de entrar en la laguna y cantar para desahogarme del miedo a los muertos que nos envejecieron y a los vivos que le rendían culto a la muerte. Para mí, los desaparecidos eran personas sin horizonte que se divertían huyendo de la amenaza y de la desolación y que, absurdamente, pensaban que un canto las redimiría. Ningún canto iba a desahogarme de lo que me ahogaba porque la música no detiene ni las bombas ni las erupciones ni repara el daño. Lo único que me hubiese aliviado habría sido que Noa regresara conmigo a Guayaquil, pero su canto me dijo que eso ya no ocurriría.

Varias veces me pregunté por qué no la seguí. Por qué no hice como el Poeta que les cantaba a los decapitados, a los colgados, a los abaleados, a los sepultados y a los ahogados a través de ballenas y sirenas, es decir, a la vida que continúa y se reconstruye pese al terror. Por qué no pude hablar el lenguaje de los desaparecidos. Por qué no imaginé un futuro con ellos, aunque fuera uno fantasioso e inverosímil, aunque fuera uno irrealizable. Por qué no intenté ser joven junto a Noa. Me hice estas preguntas día y noche después de volver a Guayaquil y, con el tiempo, me respondí lo que pude. Me dije que en la caldera del Altar solo había una cosa que me atemorizaba más que no poder imaginarme una vida diferente: esforzarme, como los desaparecidos, en transformar el abandono y el horror en una música colectiva, en darle un nuevo sentido a la tragedia, y que no bastara. Y por supuesto que no basta: los hombres y las mujeres matan y mueren, los niños matan y mueren, la tierra ruge rabiosa y la música sueña un pobre sueño que se alimenta de lo poco que nos queda. El Poeta nos prometía un refugio que ni siquiera podía darse a sí mismo, pero ahora sé que un refugio, más que un lugar, es una emoción, y que Noa encontró en la música un lenguaje que le permitió fortalecer su amor por la vida, un lenguaje que yo había encontrado solamente en nuestra amistad.

¡Dios nos ha abandonado, pero tenemos la voz!, gritó el Poeta. ¡Es cuando cantamos que vencemos a la muerte!

Después de que Noa se marchara con los desaparecidos, su padre me llevó a la estación y yo tomé el primer bus hacia Guayaquil. Me senté y miré a la gente subir bebés, niños, maletas, perros y jaulas repletas de gallinas. Los militares se pasearon alrededor del bus, pero con el caos no alcanzaron a revisar nuestros equipajes. El sol pegaba fuerte a esa hora, picaba sobre la piel, y el bullicio era insoportable hasta que el conductor arrancó el motor y en la radio sonó «La conquistada» de Los Jaivas.

Pam nos cantó esa canción durante la segunda noche del festival: Eduardo Parra la compuso para su novia, nos dijo, una chica que se hizo Tupamaro. Algunos piensan que la letra es revolucionaria y bla, bla, bla, pero para mí es un poema sobre alguien que se va para no volver: de una nubecita conquistada por el viento, ¿cachas?, del recuerdo y del ocaso del deseo.

Hoy navegan en la vía láctea y cantan
el gran poema del sol.

El día que el Chimborazo estalló yo estaba en Guayaquil velando a mi madre. Habían pasado dos años desde que Noa y yo nos separamos y más de mil desde la última erupción del tayta. Flujos espesos de lodo y piedras resbalaron del volcán y asustaron a las comunidades, lahares provocados por los deshielos cada vez más abruptos. En las noticias calcularon cientos de muertos, pero la cifra creció igual que todo lo que está relacionado con la muerte en este país. Era junio, el mes del Inti Raymi, y me pregunté si Noa habría vuelto al Ruido Solar con los desaparecidos, si no habría sido sepultada por los sedimentos junto a tantas otras personas. Quiero creer que al menos ella estuvo lejos de allí, que se salvó y que piensa en nuestra amistad como algo que tuvo su tiempo, su lugar, y que a las dos nos hizo bien.

Sirenas cantan en los Andes, sasaka mía:
todos los muertos se levantan en sus voces.

Las cosas importantes se comprenden solo después de que nos han ocurrido, cuando ya hemos sido transformados por ellas. En el cráter del volcán, luego de que la niebla se retirara un poco, escuchamos a la distancia guitarras eléctricas y bajos mezclándose con los truenos. Caminé con Noa al punto donde la laguna se desborda para caer en el valle y, abajo, al pie del río, vimos a los Chamanes Eléctricos imitando con micrófonos y amplificadores el sonido de instrumentos invisibles. Llevaban puestas las máscaras del Diabluma y, entre gruñidos y aullidos de guitarras, silbaron como si tuvieran sikus y quenas en los labios. Noa estaba empapada así que le quité la ropa, le exprimí el cabello y la abracé para darle calor. Escuchamos la música de esa manera, sentadas y abrazadas en una roca alta, mientras algunos desaparecidos acudían al valle como respondiendo a un llamado. No sé cuánto pasó, pero en ningún momento Noa dejó de mirar a los Chamanes Eléctricos ni a los caballos, que jugaban corriendo alrededor de los arbustos, ni a las cantoras que los perseguían chorreando lágrimas de nevado, ni al Poeta que bailaba con su propia máscara de Diabluma quemada en la parte inferior.

Ya estoy lista para ir a ver a mi padre, me dijo Noa. Ya estoy lista para oír lo que vendrá.

Recuerdo nuestro abrazo porque nos protegió del frío.

Recuerdo a los Chamanes porque fueron parte del pobre sueño que nos mantuvo vivas.

Vence tu miedo a saber, me dijo Noa temblando en la cima del mundo. Un corazón es un refugio.

Un refugio breve donde la música baila.

AGRADECIMIENTOS

Esta novela se nutrió de la atenta y amorosa lectura de Alejandro Morellón (y de sus deliciosas tortillas de patatas), así como de las de otros queridos amigos a quienes no puedo dejar de nombrar: Juan F. Rivero, Lidia Hurtado, Ana Rocío Dávila, Claudia Bernaldo de Quirós, Gustavo Guerrero, Juan Casamayor y Albert Puigdueta.

A ellos, a mi familia y amigos: gracias por ser mi música mientras la música dura.